德治郎与我

〔日〕花形充 著 贺璐婷 译

人民文学出版社

PEOPLE'S LITERATURE PUBLISHING HOUSE

著作权合同登记号　图字 01-2023-1794

Tokujirô to Boku
Copyright © 2019 by Mitsuru Hanagata
First published in Japan in 2019 by Riron-Sha Co., Ltd., Tokyo
Simplified Chinese translation rights arranged with Riron-Sha Co., Ltd.
through Japan Foreign-Rights Centre/Bardon Chinese Creative Agency Limited

图书在版编目(CIP)数据

德治郎与我/(日)花形充著;贺璐婷译.—北京:
人民文学出版社,2023
ISBN 978-7-02-018119-3

Ⅰ.①德… Ⅱ.①花… ②贺… Ⅲ.①儿童小说-中
篇小说-日本-现代 Ⅳ.①I313.84

中国国家版本馆 CIP 数据核字(2023)第 127924 号

责任编辑　**胡司棋　吕昱雯**
装帧设计　**李苗苗**

出版发行　**人民文学出版社**
社　　址　**北京市朝内大街 166 号**
邮政编码　**100705**

印　　刷　**上海盛通时代印刷有限公司**
经　　销　**全国新华书店等**

字　　数　**92 千字**
开　　本　**787 毫米×1092 毫米　1/32**
印　　张　**7.75**
版　　次　**2023 年 8 月北京第 1 版**
印　　次　**2023 年 8 月第 1 次印刷**

书　　号　**978-7-02-018119-3**
定　　价　**55.00 元**

如有印装质量问题,请与本社图书销售中心调换。电话:010－65233595

目录

德治郎，这是我外公的名字。

外公总是穿着同一件衣服，穿破为止。这并不是因为他讲究特定的品牌，也不是因为他身材瘦小，没有其他合身的衣服。非要说的话，其实是因为他绝对不会穿戴自己不喜欢的东西。

所以，即使三个女儿（我妈和景子、直子两个阿姨）实在看不下去，为他买来新衣服，也总会被他挑出毛病来，比如不喜欢领口的设计，扎得慌（反正外公似乎就是不喜欢时下流行的东西），最终往往只是给衣橱"贴了膘"（我妈就是这样形容那些塞进衣橱里之后再也不会被拿出来的衣服和物件的）而已。

大部分东西，外公都不喜欢。女儿们曾经凑钱给耳背的他买了助听器，但从来没见他用过，多半也是因为不喜欢。不管价格多高、用起来多方便，只要是不喜欢的东西，外公连看也不会看一眼。

外公最讨厌别人对他指手画脚。在他眼里，"那衣服也太不像样了""耳背多不方便"之类的劝告可不是什么好意，而是多管闲事。

外公

　　每逢盂兰盆节①、新年以及外婆的忌日，三个女儿就会带着家人聚在浦贺②的外公家，年年都是如此。除了我们一家和景子姨妈一家，还有直子阿姨。

　　我脑海中最初关于外公的鲜活记忆也是发生在盂兰盆节期间的。那是我四岁那年的夏天。

　　客厅的餐桌上摆满了食物，有外送的寿司，有阿姨她们带来的比萨、炸鸡块、烘肉卷③、炸肉排三明治，

———————————

① 即中元节，在隋唐时期由我国传入日本，"盂兰盆"来自梵语音译。盂兰盆节在日本是仅次于新年的大节，届时全国都会放假一周左右，因此也被戏称为"大人的暑假"。民众大多会在此期间返乡祭祖或参加各类庆典活动。——本书注释皆为译注

② 日本神奈川县横须贺市东部的港口，是东京湾的门户。

③ 用肉糜及香料制成的美式家常菜，英文名为meatloaf，也是常见的日式洋食。

还有从田里摘来的毛豆、玉米和番茄。

"最近好吗""好久不见""您好"……大家纷纷问候外公。而他往往只是朝对方看一眼，应一声"嗯"就结束了。对于外公的冷淡，大家都已经习以为常了，所以没有人在意，也没有人会试图继续和他聊下去。

毕竟就算和外公说些什么，也只会听到他反问"啊？"，那样反而会更麻烦吧。

外公的听力好像很早就开始退化了。六十岁以后，外婆每次跟他讲话都会听到他反问一连串"啊？"。等到渐渐问烦了，他就会大喊"够了"，把抱怨"老头子根本不听我说话"的外婆拒之门外，干脆完全不听了……我之所以到现在还记得这些，是因为妈妈她们每逢盂兰盆节或新年聚在一起的时候必定会聊起这个。

"老爸以前常说'你那声音是小杂鱼声①，我听不懂你在说什么'。"

"小杂鱼声……我到现在都不知道是什么意思。"

---

① 原文"じゃみごえ"，可能是德治郎说错了或者自己编的词，这里取"じゃみ"的意思"杂鱼"，译为"小杂鱼声"。

"你找老爸问问不就行了？"

"不了不了……"

佛龛上照片中的人就是拥有"小杂鱼声"的外婆。她因为肺炎住院，在医院去世。我那时还没有出生，所以从未见过她。

"老妈也是，总念叨老爸这人'性子倔'，是个'暴脾气''老顽固'。"

"一定是忍无可忍了吧。"

"话说回来，老妈也挺烦人的呀，总是翻来覆去嘟囔那几句话。"

照片中的外婆一副"我不知道你们在说什么"的表情。

"半斤八两。"

"对对对对……"

眼看两个妹妹得出了结论，身为大女儿的景子姨妈摇了摇头。

"还是老爸的犟脾气更胜一筹。"

景子姨妈订婚的时候，外公的所作所为就是一个例子。

据说，订婚仪式进行到一半，外公突然说"该去田里了"，然后就换上了干农活穿的脏兮兮的工作服扬长而去。直到现在，景子姨妈说起这件事时，语气里依然带着埋怨："当时，他父母那惊讶的表情……我这辈子从来没那么丢脸过。"

"好了，好了，知道了，知道了。"这番"这话我都听腻了"似的冷淡反应来自二女儿，也就是我的妈妈。

景子姨妈每每提起这个话头，妈妈的反应总是很冷淡，因为她从小就总被拿来和这位大姐做比较，老是被外婆念叨"你什么时候才能结婚哪"。

"老爸本来就不擅长应付那些繁文缛节，"三女儿直子阿姨笑眯眯地说，"也没什么不好的呀。就是因为每天都去田里，老爸的身子骨才会这么硬朗呀。"

看着妹妹一脸置身事外的笑容，景子姨妈皱起了眉头。

"我又没说下地干活不好。我的意思是做事要看看场合呀。"

外公每天早上五点起床，用电饭煲煮上饭后就带着小白往田里去了。等他回来的时候，饭已经煮好了。吃完饭，他会看会儿报纸，如果天气好的话，就把衣服洗了，然后背上双肩背包去附近的超市买东西，回到家就一边吃着买回来的便当和熟食，一边看看电视里放的午间新闻（尽管听不清新闻主播在说些什么，但因为画面下方有字幕，所以还是能知道内容的）。看完天气预报，确认过下午的天气后，他会侍弄一下院子里的花木，或者打扫一下浴室（外公热爱泡澡，总喜欢在一天的最后泡个热水澡）。到了下午三点（夏天则是四点），他又会带着小白去田里，回来后吃完晚饭，泡个澡，然后躺在被窝里看会儿书，困了就睡。这就是外公雷打不动的作息时间。

只要是外公拿定了主意的事情，无论别人说什么都无济于事。即使在盂兰盆节和新年，女儿们带着家人回来的时候，他也没打算改变自己这套作息。

"外公做事不会看场合吗？"

表姐舞香在她姐姐绘里香的耳边轻声说。

舞香比我大两岁，那时候应该在上幼儿园大班。

"与其说不会看，不如说是不看。"

对于当时的我来说，说到句尾时把语调像疑问句一样上扬的绘里香已经是个了不得的大姐姐了。

"也就是我行我素。"

上小学二年级的绘里香已经知道不少难懂的词汇了。

"我 xíng 我 sù[①]？"

舞香皱起了鼻子。

"就是不听别人的话，自己想怎么做就怎么做。"

"因为外公耳背听不见嘛。"

"不是听不见，而是不听。"

"是这样吗？"

"是啊。他不是耳朵不好使，而是不听不想听的东西。"

绘里香的话很犀利。

舞香和绘里香都既聪明又得体，总是穿着一样的

---

① 本书的儿童角色在对话中听到不理解意思、不知道怎么书写的字词，经常会以大致的读音重复一遍。本书会酌情使用汉语拼音或同音字来体现这一细节。本书中带括号的拼音是编者添加的难字注音，不属于上述情形。

漂亮衣裳。这两位表姐并没有把我当回事，大概是觉得我实在太幼稚，根本聊不到一块儿去吧。

当时，表姐们和我行我素的外公也保持着距离。就像外公嫌听外婆讲话麻烦一样，她们或许觉得和外公讲话也很麻烦吧。

表姐们或是看书，或是玩游戏。妈妈她们忙着聊天，爸爸们喝得醉醺醺的，酒酣耳热。不喝酒的外公一个人板着脸看着电视。电视上放的要么是重播的历史剧，要么就是体育节目，因为除了新闻，外公会看的也就是这些了。

无人搭理的我坐到了外公身旁，漫不经心地看起了电视。外公不是那种会主动开口搭话的人，而我若是主动搭话，就不得不说得很大声，否则他根本听不见。况且，一个四岁的孩子本来也不知道该聊什么话题。于是，我只能默默地坐在紧闭着嘴、看起来不太高兴的外公身边，盯着电视屏幕。

外公家坐落在一个高冈上，每个房间通风都很好，即使不开空调也很凉快（话说回来，因为外公讨厌空调吹出来的风，所以家里的空调基本就是个摆设）。

外公当时应该是穿着甚平①之类的衣服，下身穿的似乎是长度到膝盖以下的宽松裤子（这是一种老式的贴身衣物，好像叫作短衬裤）。他在夏天一般都会这么穿。

毫无征兆地，外公突然从怀里掏出一样东西放在了我的膝盖上——是一根竹签，一端装着细长的翅膀状东西。

我一会儿看看"翅膀"，一会儿又看看外公。

外公用浅色玻璃珠般的眼睛看着我的脸，用低沉沙哑的声音说："这是竹蜻蜓。"

我依然没有说话。

一来，我当时不知道竹蜻蜓是什么；二来，外公可从来没有主动跟我说过话，这让我吓了一跳。

"我教你怎么玩。"

外公站了起来，脸上依然是那种严肃的神情，穿

---

① 甚平是一种和服便服，多为成年男性或儿童在夏天居家时所穿。

过外廊，走到了院子里。

我急忙跟了上去。

竹蜻蜓是一种玩具，玩的时候用双手搓动竹签，就能转动"翅膀"让它飞起来。外公示范的时候，竹蜻蜓越过了院子的围墙，飞到了路上。

"哇！"

见我大叫，外公咧着嘴呵呵笑了起来。我从来没有见外公笑过，于是更加吃惊了。

我们正玩着竹蜻蜓，小白汪汪地叫了起来。

"该去田里了。"外公说。

明明和往常一样，但我觉得很突然。

虽然还想再玩一会儿竹蜻蜓，但我也知道外公一旦决定了什么，就绝对不会改变。

"田里，我也，要去！"

外公的嘴变成了圆形，仿佛在说"嚯"，然后整张脸都变得柔和起来。

"等你再长大一点吧。"

我望着带着小白去田里的外公的背影，为第一次和他讲了那么多话而暗暗兴奋着。这时，背后有个声音说："竹蜻蜓啊。"

"小时候，外公也给我们做过吧。"

舞香的话里包含了两条我不知道的信息：一是这个玩具是外公做的；二是他给每个外孙都做过。

外公没有把最重要的事情告诉我。我还自以为和他说了很多话呢，但似乎并非如此。

"为了做这个，他好像还特意从山上砍了竹子来。外公真的是，不管什么东西都是从山上取来的。"

从绘里香的语气中可以听出，竹蜻蜓在表姐们那里并不受欢迎。

表姐们并不喜欢外公给的东西。

除了竹蜻蜓，外公还从山里带来很多东西，但没有一样是受她们欢迎的。无论是锹形虫还是独角仙，表姐们连看也不看一眼。

他从山里捡回蛇皮的那次，表姐们的表情甚至充满了嫌弃（我倒是觉得挺有趣的）。

对于女孩子的喜好，外公似乎一无所知。

田

外公第一次带我去他的田里是在我上幼儿园中班的时候，那天又闷又热，是梅雨季节里难得的晴天。

那阵子，妈妈经常带着我回外公家。虽然她嘴上说是因为担心独自生活的外公，但回到那里之后，她要么自顾自发呆，要么就把我丢给外公自己出门去了（妈妈的老朋友住在横须贺），根本不像是担心外公的样子。

外公身体硬朗，大部分事情都能自己做，我想不通他有什么可让人担心的。

那天，妈妈又在外公家走廊的黑色电话机边，用大坝开闸放水般的气势不知和谁聊着。外公当时在客厅，嘴抿成"一"字形，板着脸看着报纸，一副"怎么有这么多话要说"的表情。

"嗨哟!"

外公突然站起身来,问我:"去田里吗?"当时还没到他平时去田里的时间。

田在后山。

外公家所在的住宅区后面有一座高耸的山,就像一道绿墙(在当时上中班的我眼中就是这样)守护着这里的家家户户。听妈妈说,外公退休后卖掉了之前住的房子搬来这里,就是因为这座山的所有者在出租田地,可以开辟为家庭菜园。

外公腰上挂着蚊香盒,左手拿着装有厨余垃圾的水桶,右手抓着小白的牵引绳,慢悠悠地走在住宅区的路上。我迈着小步跟在他身后。那时还没到小学生放学回家的时间,路上几乎没有行人,也没有车子开过。

住宅区里,大同小异的房屋一间挨着一间,鸦雀无声,静到可以听到小白的爪子擦过沥青路面时发出的咔嗒声。小白是一条杂种狗,虽然名字叫小白,但其实并不白。我不确定它的年纪有多大,但它看起来已经是个"大叔"了。

脚下的路渐渐变成了上坡路。我远远地跟在小白和外公后面爬着坡。大概是每天都会去后山的田里干活的缘故，当时年近八十的外公腿脚依然很强健。但是，对于一个还在上幼儿园的孩子来说，去田里的路远极了。

天气闷热，我虽然爬得很慢，但也已经汗流浃背。

直到离开住宅区，进入山间小路后，我才觉得凉快些。山路上，树枝犹如屋檐一般遮住了阳光。各种树木的叶子油亮厚实，我有一种在大白天踏入了昏暗的热带雨林的感觉。

"山里好吧？"在家沉默寡言的外公，到了这里却是一副轻松的表情，突然开口说道，"空气不一样吧？"

"不一样！"

我大声回答。

就这样，外公和我继续沿着山路往上爬。偶尔，他会跟我简短地说几句话。

我是孙辈中唯一的男孩，但我并不是因为这个才和外公谈得来的。外公既不知道面包超人和哆啦A梦，也不知道宝可梦和假面超人。他肯定没玩过电子游戏（可能连听都没听过）。我们之间几乎没有共同话题。所以，虽说是对话，其实也只是在外公说点什么之后，我回复"是啊""是吗"或者"不是哦"而已。

听完我说的话，外公没有反问"啊？"，我想这大概是因为我们的对话真的很简单。

山路上积满了落叶，踩上去软软的，但脚底容易打滑。只有光着脚的小白走起来比在沥青路面上更轻松。

外公那片位于山脊小道旁的田地忽地出现在了眼前。在刚沿着昏暗的山路爬上来的我眼里，它看起来就像一个被聚光灯照亮的舞台。

旁边的田里，一个脖子上挂着布手巾的男人正坐在树荫下休息，看起来是一位和外公差不多年纪的老爷爷。

外公举起手来向他打招呼，那位老爷爷也举起了手回应。外公说"真热啊"，但旁边田里的老爷爷没有回答。过了一会儿，老爷爷说"太热了，受不了了"，但外公一副没听见的样子。

"旁边田里的老爷爷说'太热了，受不了了'。"

我拉了拉外公的工作服下摆，大声告诉他。

"不要紧的，"外公满不在乎地摇了摇头，"那个老头的耳朵也不好使，听不见我们说的话。"

在相邻的田里耕作的两位老爷爷好像并不介意彼此听不见对方在说什么，或者说，这样的关系反而让他们觉得很舒服。

外公的田里种着秋葵、菜豆、黄瓜、茄子和小番茄。豇豆也结得密密匝匝。芋头那心形的叶子青翠欲滴。整块田看起来就像是一个在野蛮生长的热带雨林中的经过辛勤侍弄的小花园。大蜻蜓在蓄满雨水的水缸上方盘旋。因为连日下雨，田里的土壤很潮湿。明明是晴天，却雾蒙蒙的，仿佛有蒸汽从地下冒出来。土壤和周围的树木散发的气味让我几乎喘不过气来。潮湿的空气和冲鼻的气味让这里更有热带雨林的感觉了。在热带雨林（上幼儿园的我是这样坚信的）的强大气势面前，我呆住了。生活在城市里的我从来不知道泥土和木头的气味这么浓烈。

外公一脸认真地默默挖着坑，把桶里的厨余垃圾埋进去，仿佛是在举行什么神圣的仪式。

我凑到正在给垃圾坑填土的外公耳边，问道："这是在干什么？"

"这个呀，是在造堆肥哦。要是不盖上土埋起来，会被野猫和貉（háo）子刨出来的。"

"貉子！这里有貉子？！"

我大叫起来。

"有啊——"外公的声音听起来轻松自在，"最近还有浣熊出没呢。"

好厉害！这里果真是热带雨林！

那时候，我以为不管是老虎、猴子、大象，还是貉子、浣熊，统统生活在热带雨林里。

"浣熊会糟蹋地里的蔬菜，"外公皱起了眉头，"有的甚至会闯进人家的院子，吓唬家养的狗。"

那时候，我还不知道曾被当作宠物养的浣熊被遗弃后在野外泛滥成灾的事情，也不知道野化的浣熊已经变成了有害动物。

外公的田和山脊小道之间生长着麻栎（lì）树、枹（bāo）栎树、米槠（zhū）和山樱树。黄蜂、铜花金龟子和雌独角仙正停在麻栎树的树干上吮吸着树汁。我这才知道外公是从哪里抓的锹形虫和独角仙。

树干上较高的位置停着一只巨大的雄独角仙。它那铠甲般光亮的黑色后背突然"啪"地裂开，从裂缝处绽开一双翅膀，吓了我一跳。它围着树干嗡嗡飞舞起来，翅膀带起了一阵风，与其说是一只虫子，不如说像一架战斗机。战斗机般的独角仙赶走了聚集在树汁边的黄蜂和铜花金龟子，附在了雌独角仙的背上。这是我第一次看到昆虫交尾。

那天，外公抓到了一只锹形虫。他是个捕虫天才。

锹形虫被外公用手指捏住，六只脚乱踢乱蹬着。它的角漂亮极了。我轻轻抚摸着它那油光发亮的后背，既喜爱又害怕。

后来，到了稍微懂事一些的年纪，我才意识到，那时带我去田里，是外公在用他的方式为我着想。他不想让我听到妈妈说爸爸的坏话。

暑
假

我上小学一年级了。

那年暑假的后半段，我是和妈妈一起在外公家度过的。爸爸没有来。

"爸爸呢？"

即便我问起，妈妈也不回答。

爸爸即使和家人在一起也总是心不在焉的，对我们也不怎么关心，这一点连我这个小孩都能感觉到。我知道爸爸妈妈的关系不好，所以多少也已经明白妈妈不想待在我们自己家里。

尽管讨厌父母不和，但能跟外公一起去山里，让我觉得很开心。

　　我每天都和外公一起沿着山路去田里。当时我已经明白了外公那块田并不在热带雨林里。不过，就算不是热带雨林，那里的蚊子却是热带雨林级别的。凶残的豹脚蚊总是一拥而上，完全不把蚊香当回事，着实让人受不了。但除去这些，田里还是很有意思的。外公和旁边那块田的老爷爷也依旧各管各地说着话。

　　夏天的山上，蝉鸣声厉害极了，仿佛每棵树上都密密麻麻地贴满了蝉。看这架势，即使我们想说点什么，话音也会被蝉鸣声淹没。于是我们默默地沿着山路走着。

　　除了蝉，夏天的山里还有许多其他动物：青大将 ①悠哉悠哉地穿过山路；独角仙、锹形虫、铜花金龟子和天牛趴在麻栎树的树干上吮吸着树汁；凤蝶从我眼前轻盈地飞过，黑色翅膀上的鳞片闪闪发光。

　　这其中最让我着迷的是吉丁虫。它绿色的外壳上

---

① 　即日本锦蛇，是一种无毒蛇，主要分布于日本。

嵌着左右对称的红色条纹，泛着金属般的光泽。自从看过这种美丽的虫子绕着山樱树飞舞的样子，我就再也忘不了它了。

我还想再看看吉丁虫。不过就算再次遇到它，我恐怕还是连碰它一下都难吧。

吉丁虫的戒心很强，无论人怎么屏住呼吸、小心翼翼地靠近，它都能逃走。可是外公为什么总能在不被察觉的情况下接近虫子们呢？

"英雄不减当年勇①嘛。"外公说。也就是说，小时候掌握的本领，即使上了年纪，也不会忘记。

那会儿，外公已经八十一岁了。他的小时候……听起来总觉得怪怪的。我认识的外公从来就是个老人家，因此他也有小时候这件事情让我一时有些反应不过来。

"外公……以前也是个孩子啊……"

"哈哈哈……"外公发出了奇怪的笑声。

"每个人都是从小娃娃过来的呀。"

---

① 这是一句日本俗语，直译为"以前用过的打年糕的捣杵柄"，比喻年轻时练就的本领，年长后依然不逊色。这里按引申义意译。

外公……也曾经是个小娃娃……

这是事实。活了七年的我，这点事情还是明白的，但是，还是觉得难以想象。

"外公……嗯……是什么时候出生的？"

"我是大正十二年①出生的。"

大正十二年。

那是什么时候，我完全没有概念。不过，这不重要，因为外公接下来说出了让我更震惊的话。

"大正十二年就是关东大地震那一年。"

关东大地震。

这我倒是听说过。学校开展防灾演习的时候，校长说过"日本是一个地震频发的国家"，还提到了"关东大地震"。

"那是很久以前的一次大地震吧？"

外公点了点头。

"震中在相模湾。横须贺离震中比较近，因为填海造陆的土地多，所以到处都是塌掉的房子，死了很多

———————

① 即1923年。"大正"是日本第123代天皇在位期间（1912—1926）使用的年号。

人，连山崖都崩了……不过，我那时候还是个小娃娃，什么都不记得了——不管是地震，还是家里房子塌了的事情。"

"你家……被震塌了吗？"

"是啊。因为家里房子塌了，全家搬到了逸见。不过这些都是我后来听说的。"

"逸见？"

"你不知道吗？你们坐电车来这里的时候，中途在隧道和隧道之间不是有个叫'逸见'的车站吗？"

我们是从横滨坐京滨特快来外公家的。京滨特快的下行[1]电车经过追滨站后就开始在山间疾驰。"逸见"是一个只有慢车才会停靠的小站，快车和特快都是一眨眼的工夫就开过去了，一不留神就会错过。

"我家在逸见的山坳里。"

"山……ào ？"

"山坳就是山和山之间的那种长长窄窄的平地。逸见是一座被山包围的小镇。因为平地少，所以逸见的

[1] 指从首都开往地方，或从城市开往郊外。

孩子都在山上玩。我们常去的山叫安针冢（zhǒng）^①。安针冢的山顶视野很好，可以清楚地看到对岸的房总半岛^②。"

"安针冢"也是与逸见站相邻的车站的名字，和逸见站一样，也是一个被夹在两山之间的车站。

"安针冢上有很多会结果子的树，比如栗子啦，野葡萄啦，还有八月炸和桑葚。上小学那会儿，放学后，我只要一喊'喂，去捡栗子啦'，就会有附近的小孩跟着我一起上山去。"

外公很健谈。

在家里总是一副像用后槽牙嚼着苦药表情的他，一到田里话就多了起来。听力似乎也变好了，很少反问"啊？"。我很高兴他能听清我说的话。

"那个桑葚，吃了之后嘴巴边上会变蓝。"

"那是外公的点心吗？"

---

① 得名于日本首位英国籍武士三浦按针（1564—1620）。他是一位航海家，于1600年漂流至日本，被德川家康封为武士并赐日本名三浦按针，意为"三浦半岛的引航员"。

② 位于日本本州东南端的半岛，西临东京湾，东、南临太平洋，属千叶县。

"嘿嘿嘿……"外公抬起一瓣嘴唇笑了起来。

"sāng shèn，我也想吃吃看！"

"你没吃过吗？"外公那玻璃珠似的眼睛睁得滚圆，"那种东西到处都有吧。"

"我家那边没有。"

实际上，我连桑葚长什么样都不知道，却硬是这样说了，大概是觉得不知道很丢脸吧。

"我家那边没有 sāng shèn，也没有野葡萄哦。"我坚持说。外公像看见了什么新奇生物似的看着我，慢慢撅起了嘴。

"野葡萄啊，那个还是算了吧，太酸了。柿子也不能吃，因为很涩，只能带回去叫婆婆削了皮，做成柿饼。"

外公小时候的故事真有趣。至于有趣在哪里，我到现在也还说不上来。

"摘点山里的果子当点心倒还好说……"

不知道为什么，外公的表情突然变得严肃起来。

"要是摘的是别人田里的东西，那就要命了。"外公压低了声音，"我以前和四五个小伙伴一起跑到人家的地里偷吃过黄瓜、番茄，还趁人不注意，摘过枇杷和酸橙。"

"这不是小偷吗？"

"是啊。"外公一脸诚实地点了点头，"以前的大人对小偷绝不会手下留情，就算是小孩也一样，要是被抓到，那可不得了。"

"不得了？"

"就是说，要了结这事的话，就得吃些皮肉苦。他们还会到父母那里去告一状，于是回到家还要再被打一顿。所以，为了不被抓住，必须拼了命地逃跑。这样一来，逃跑的速度倒是越来越快了。"

我笑了，因为外公得意扬扬地说："我一次都没被抓到过。"

这是值得骄傲的事情吗？

外公也笑了，似乎觉得自己的故事很受外孙欢迎。

"不过，一年到头身上都是伤。"乘着兴头，他继续说道，说完扬起嘴角，露出了一丝笑容，依旧是一副骄傲的样子。

"为了防小偷，越来越多的人家开始用铁蒺藜做围栏，逃跑时衣服会被铁蒺藜钩破，皮也会被划破，弄得身上都是血，回到家，还要被婆婆大骂'你小子又干了什么'……"

正说得高兴的外公突然闭了嘴，意识到自己有些得意忘形了。

当时的我不知道外公为什么突然就不往下说了，但现在我明白了其中的缘由。这是出于教育上的考虑。他应该是意识到了对一个小学一年级学生讲偷东西的故事着实不太合适。

"外公，铁蒺藜是什么？"

外公装作没有听见。

那个暑假，唯有一次，外公带我去了游泳池。

炎热的夏日，大人会把一个大木盆（代替充气泳池）搬到院子里装满水，让我泡在里面玩外公亲手做的水枪，但我很快就腻了。尽管外公叫它"游泳池"，但怎么看都只是在一个大木盆里洗澡而已（因为那就是个水盆啊）。我心想，我又不是幼儿园小朋友了，这也太说不过去了吧，于是便央求外公带我去游泳池。

　　当时，浦贺游泳馆离浦贺船坞的龙门吊很近，中间只隔着一条国道，游泳馆就在国道另一边的坡上。那是一个小巧而整洁的市营游泳馆，尽管是暑假，却没有多少人。出现在那里的我们显得非常显眼。倒不是因为爷孙组合很少见，而是因为外公的样子很奇怪。

　　外公是绝对不会把新式衣物穿戴在身上的，他的泳裤已经相当有年头了。那是一条裤腰上系着绳子的土气的黑色泳裤，就像铁臂阿童木穿的裤衩。他的头上也没有戴泳帽，而是裹着布手巾。

　　通常情况下，裹着布手巾在泳池里游泳，是肯定会被泳池管理员斥责的，但当时的那位管理员大婶什么也没说，也许是因为外公的装扮太过与众不同，所以才没有被追究吧。

　　我那时候还不会游泳，离不开救生圈，外公却像海龟似的把头露出水面，悠然自得地游着蛙泳。管理员大婶还夸他："老大爷，游得真好！"不知为什么，她对外公很友善。

　　外公对陌生人基本上都很冷淡，即使被搭讪也会装作没听见，这回却高兴地回答道："人家以前可叫我马堀（kū）的河童 ① 呢。"结果被大婶吐槽："大爷，马堀是海吧。"

不过，外公从泳池的一头游到另一头后就上岸了。

那个时候我只顾着在游泳池里玩，没有注意到这些，但是后来想想，怕冷的外公应该是硬着头皮陪我去的泳池。他的身材又瘦又小，身上几乎没有脂肪，受不了冷水。

从游泳馆回家的路上，外公带我到他常去的超市，给我买了棒冰吃。

"以前可没有游泳池之类的。"

外公"嗨哟"一声，一屁股坐在了超市的公共休息椅上。

以前的孩子真可怜。

我边啃着棒冰边想。

"那以前的孩子，到了很热很热的时候，要怎么办？"

---

① 日本民间传说中的一种生活在河流或池塘里的生物，也用来比喻擅长游泳的人。

周围都是来买东西的人，人声嘈杂，外公却没有反问"啊?"，而是直接答道："去海边啊。"

这时，我想起了绘里香讲过的话，外公不是耳背，只是在不想听的时候才会听不见。

"一到暑假，我每天都会去马堀海岸游泳，让婆婆捏几个饭团，带上买电车票的钱，叫上小伙伴，到逸见站去坐湘南电车。"

外公一边摇晃着身子一边说着，仿佛漂在水里。

"湘南电车?"

"湘南电车就是现在的京滨特快。大概是因为浦贺有造船厂吧，我上寻常小学①的时候，横滨的黄金町和横须贺的浦贺之间就已经开通了电车。这样一来，去马堀海岸玩就变得很方便了。不然的话，从逸见走到马堀可要花上半天时间。"

"每天? 真的每天都去游泳吗?"

"是啊。每天都去，所以每个人都晒得很黑。不过，坐上湘南电车回家的时候，黑黝黝的皮肤就变白

---

① 从明治维新到第二次世界大战爆发前，日本的小学分成两个阶段：寻常小学和高等小学。"高等小学"见第68页。

了——身上都是盐花。"

外公眯起了眼睛，似乎想起了很久很久以前的暑假。

"之所以总去马堀海岸，是因为那一带是浅滩，游起来很轻松。"

外公有些出神地说。

当时的我并不知道浅滩是什么样的。

外公稍稍想了想，解释说，一望无际的浅滩就像一个巨大的"有波浪的游泳池"。到了退潮的时候，还是一个"能捞到鱼和贝类的游泳池"。

我试着想象还是个孩子的外公和他的朋友们在波涛起伏的海洋泳池里游泳，踏着浪花跳跃奔跑、潜水、追鱼的样子。

"从马堀海岸可以清楚地看到猿岛①。"

"也能看到 fáng zǒng 半岛吗？"

外公摸了摸我的头，说我居然还记得房总半岛啊。

"是啊。在比猿岛更远的海面上，能看到房总半岛

① 位于东京湾内的一个无人岛，属横须贺市。

上碧绿的山连成片，天上飘着雪白的积雨云。"

　　我调动了一年级小学生所掌握的所有知识，试着给一群孩子在海洋泳池里玩耍的画面添上波浪间的猿岛、遥远的房总半岛和积雨云作为背景，但结果不太理想。

　　"吃过早饭就出门了，直到晚饭前才回家。我们这群人真的是，整个暑假都在玩，都快玩腻了。"

　　这简直像梦一样。记得当时我羡慕极了，央求外公带我一起去马堀海岸的海浪泳池。

　　外公是这样回答的："上了年纪，冷水吃不消啰。"

　　回家的路上，我总觉得外公的脚步软绵绵的，有些担心。"好久没游泳了，有点累了。"外公喃喃自语道。

　　暑假最后一天，外公看似随意地把一个小小的桐木盒子放到了我面前。

　　盒子里装着防虫剂和一个和纸包。这难道是……我期待得呼吸都变得急促起来。打开纸包，用棉花包裹着的绿色"宝石"出现在我眼前。

　　"这不是吉丁虫嘛！"

我还没来得及出声，妈妈倒先叫了起来。

"妈妈以前也很想要这个，但是怎么也抓不到……不愧是外公，英雄不减当年勇。"

我很惊讶，竟然从妈妈的口中听到了"当年勇"这话。更让我吃惊的是，妈妈开始怀念地说了起来："每年暑假我都想不出'自由研究'要做什么，总是拖到八月底……到了最后关头，就只能靠外公了。他会帮我抓来蝉、锹形虫或者蝴蝶之类的，然后我就赶紧做个夏季昆虫的标本交差。"

大概是有些难为情吧，外公故意板着脸，妈妈却笑眯眯的。

很久没有看到妈妈的笑脸了，我也不由得高兴了起来。

那天，妈妈和我回了横滨。

爸爸不在家。

开学后不久，妈妈就告诉我，暂时要和爸爸分开住了。

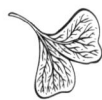

祖
上

我对第二年的新年印象深刻，因为聚在外公家的只有我、妈妈和景子姨妈一家。

外公的三个女儿中，小女儿直子阿姨是单身，当时因为工作调动，去了大阪。妈妈说这是"荣升"（也就是出人头地的意思），但出人头地后的直子阿姨变得非常忙，连前一年外婆的忌日都没回浦贺。

新年的时候，直子阿姨也没回来，而是去国外旅行了。一直期待着姐妹相聚的景子姨妈和妈妈一唱一和地说着"说是给自己的奖励""没有孩子的人就是好，有钱有闲"之类的话。

除了直子阿姨，还有一个人也没来，那就是我爸爸。

"我们家那位干的是服务业，所以新年也没法好好休息。"

妈妈辩解似的说。

妈妈骗人，我心想。

"这样的话，之后会休个长假补回来吧。"景子姨妈说。

妈妈含糊地笑了笑。

景子姨妈家的那位姨父是公务员。他们家在东京买了一套河滨高层公寓，那会儿刚搬进去。妈妈对此很是羡慕。

"真好啊，在东京，而且还是滨水地段……住起来感觉如何呀？"

妈妈的声音比平时高。

"啊，也还好啦。"景子姨妈委婉地应付了一下，随即改变了话题，"说起来，老爸的祖籍不就在东京吗？"

"啊，什么？"

"欸，你不知道吗？"

"不知道啊。老爸可从来不讲这些事情。"

大家的视线都集中到了外公身上，他却一副没听见的样子，目不转睛地盯着电视上的足球转播，也不知道是真没听见还是装没听见。

妈妈似乎因为自己不知道这件事情而有些不高兴，像小孩子一样鼓着腮帮子。

"我也是以前听老妈说的，老爸的祖上在江户做船工。"

"啊，是江户时代^①的事？"

大声说话的是舞香。

突然就说到了"江户时代"，我也吃了一惊。那可是外公常看的历史剧中讲的随处可见腰间佩着刀的武士的时代。

"外公是什么时候出生的？"绘里香问景子姨妈。

"应该是 1923 年吧。"

"这么说，往前推两代就是江户时代了吧？那也没什么好惊讶的。"绘里香下了判断。当时的绘里香已经上五年级了。她变得越来越聪明，让我越来越难以接近。

————————

① 指日本封建社会的最后一个时期，时间为1603年至1868年，江户即现在的东京。

"原来如此！"

景子姨妈家的那位姨父一拍大腿。

"我很早以前就觉得，岳父身为横须贺人，说话的语调却带点江户下町 ① 的口音，原来是这么回事啊。"

那模样，就像动画片里那种说着经典台词"谜题解开了"的侦探一样。

"这我倒没有注意。"

"下町？是说江户子 ② 吗？"

"外公是江户子的后代？"

"说起来，哪些地方是下町？"

一时间，大家七嘴八舌地说了起来。

"江户时代以来的下町好像是指江户城 ③ 以东、隅田川以西的神田和日本桥一带，到了明治时期，本所、深川以及浅草也被划入了下町的范围。"

那位原本闲得无聊的姨父（我觉得是因为我爸不

---

① 指平民区，是小工商业者集中居住的区域。

② 指土生土长的江户人，主要指商人和手艺人。江户子有耿直莽撞、不拘小节、固执性急、出手大方、随性洒脱等特点，是许多文艺作品的表现对象。

③ 日本江户时代幕府将军的居所，现为皇居。

在的缘故）终于找到了自己也能参与的话题，一下子来了精神。

"嗯，大致就是指町人住的地方吧。"

"町人？"舞香问。

"就是手艺人和商人。"绘里香说。

"也就是说，老爸的祖上也住在浅草之类的地方？"妈妈说。

"既然做的是船工，应该住得离海边更近一些吧。"

"离海边近？那是哪儿？"

妈妈似乎还在对自己不知情这件事耿耿于怀。

"我也不知道。"景子姨妈扬起了眉毛，"你要是在意，就去本家问问吧。"

"本家"是什么？

"妈妈，'本家'是什么？"

舞香这个问题问得真是时候。

"就是外公最大的哥哥的家，也是外公长大的地方。"

"说起逸见的本家，很久以前就由他儿子继承了吧。"妈妈说。

"不知道'本家的叔叔'知不知道祖上的事情，说不定连我们都不记得了吧？"景子姨妈说，"毕竟自从大伯去世后，我们就没怎么去过本家。"

"大伯住院那会儿，老爸还经常去看他。"妈妈说。

"大伯去世后，老爸每年都会在他的忌日去扫墓。"景子姨妈歪着头，像是在回忆什么，"现在，他们兄弟姐妹里面，还能去墓地上香的好像也只有老爸一个人了吧。"

她的声音有些低沉，但就连对"江户时代"很感兴趣的表姐们似乎也对未曾谋面的亲戚大叔的事情不感兴趣。我听了之后的感想也只是，原来外公有哥哥啊，而妈妈甚至完全在想别的事情了。

"我们的祖上为什么要特意搬到横须贺这样的地方来呢？一直住在东京就好了。"

听妈妈的口气，好像是在说，那样的话自己现在也已经住进河滨的高层公寓里了。

大家你一言我一语地说着，但外公从头到尾都是一副没听见的样子。不过，他大约知道自己成了大家的谈资，于是拿起遥控器关掉电视，"嗨哟"一声站了起来。

"岳父新年也要去地里吗?"景子姨妈家的姨父一脸佩服的表情,"这就是精神矍铄的秘诀吧。"

"新年里歇两天又能怎样?"景子姨妈小声嘀咕,"这个人真的是,绝对不会改变自己的习惯。"

我看了看墙上的挂钟,还没到三点,比平时去田里的时间早了一些。

"我也去。"

"田里很冷的!"

妈妈的声音比刚才更高了。

我觉得就算很冷,也比待在这里好得多。

因为和景子姨妈一家在一起时,妈妈的声音总是越来越高。

我走在前面。外公和小白跟在后面,沿着坡道慢慢往上走。

后山被浓郁的绿色包裹着。虽然是冬天,还是有很多树长着叶了。

到田里的路程似乎比以前近了一些,于是我一厢情愿地认为是自己走路的速度变快了。那时候，我很介意自己身材矮小这件事，因此总想要用某种"能力"来弥补这个缺陷。

山里很冷，但我也和外公一样，感到神清气爽。

"外公，'祖上'是什么？"

进入山路后，我把想问的问题问了出来。

"就是我的爸妈，爸妈的爸妈，还有爸妈的爸妈的爸妈。"

一到山上，外公的听力就突然变好了。我更加确信，外公是在利用耳背这一点，对不想听的事情装作没听见。

"外公，'船工'是什么？"

"就是造船的工匠。据说我爷爷是佃岛造船厂的船工。"

到了田里，外公会做深呼吸，一脸享受地呼吸山里的空气。

"我老爹也是船工，听说他来横须贺就是为了到海军工厂做工。"

"'海军工厂'是什么？"

“就是造军舰和修军舰的工厂。”

尽管外公的解释过于笼统，但我暂时也没打算深究，而是问了另一个想问的问题。

“外公的爸爸是个什么样的人？”

“我老爹在我还很小的时候就死了……一点都不记得了。”

“一点都不记得了？”

外公把装着厨余垃圾的水桶放在地上，“嗨哟”一声直起了腰。

“对了，我只记得一件事。病得起不了身的老爹，慢慢地从被窝里坐起来，用烟管狠狠地打了我的脑袋。”

我不知道“烟管”是个什么东西，但那都无所谓。比起这个，更让我在意的是，外公关于父亲的唯一记忆竟然是被打这件事，真是太不像话了。但外公本人似乎并不在意。不仅如此，他还若无其事地说，自己一定是干了什么坏事，才让久病在床的人都突然坐了起来。

“干了什么坏事？”

"具体干了什么我不记得了，反正多半是不正经的恶作剧之类的。"

哈哈哈，外公的嘴角弯出了弧度，发出了一贯的奇怪笑声。

"我以前可是个坏小子。"

所谓"坏小子"，好像就是淘气包、捣蛋鬼的意思。

那会儿，外公已经不再考虑说这些会不会教坏我这个小学生了，大概是懒得为这些事费神了吧。

随后，他收起了奇怪的笑声，表情变得严肃起来。

"我老爹留下八个孩子，死了。"

"八个!"

我不由得大声叫道。

"如果算上早年夭折的孩子，就是九个。那时候有句话叫'穷人唯有子女多'，九个并不稀奇。"

外公说得轻描淡写，但当时的我大概满脸都是震惊。

令我震惊的是"子女多"，但外公似乎以为我在为"穷"而震惊，于是强调说，以前大家都穷，既然都穷，那也就没什么大不了的。

"虽然我们家很穷，但老爹死后，我还是像以前一样贪玩。因为我是八个兄弟姐妹里的老幺，和最小的哥哥都差了十岁。"

不知为什么，每次说到"穷"的时候，外公都会自豪地挺起胸膛。

"我记事那会儿，最上面的大哥已经成年，在海军工厂工作。其他哥哥姐姐们也都是十五六岁的年纪，已经开始工作了，年纪最小的我根本不需要担心生计问题。不仅如此，我这个穷人家的儿子居然还被送进了幼儿园。"

那时只有有钱人家的孩子才会上幼儿园，外公有点不好意思地说。刚才说到"穷"的时候明明那么自豪，这会儿却……真奇怪。

"宁可一大家子精打细算着过日子，也要把我送进那种地方，大概是因为婆婆觉得在幼儿园受些管教的话，我会变乖一点吧。"

"外公……那你妈妈呢？"

我战战兢兢地问出了一直想问却没敢问的问题。

"难道你妈妈也在你小时候就去世了吗？"

外公瞪大了眼睛，目不转睛地盯着我。玻璃珠般透亮的眸子里映出了我的脸。

"婆婆就是我妈。"

"啊……太复杂了，我不太明白。"

"我一直管我妈叫婆婆。"

原来"婆婆"就是外公的妈妈。

我一直很在意外公为什么从来没有提到过"妈妈"，现在终于恍然大悟。幼年丧父的外公，要是连母亲也早早过世了，那岂不是太可怜了？

"婆婆觉得，要是放任我不管，准没什么好事。因为我从小就调皮捣蛋。到了上寻常小学那会儿，我已经算得上是个坏小子了。"

我知道。

我在心里回答。

我也快上二年级了。我也已经算得上是个大孩子了。

从田里回来的路上，在山路边的草丛里嗅来嗅去的小白发现了一个鸟巢。

"雏鸟离巢，它变成空房子了。"

在小白去叼之前，外公抢先一步把鸟巢捡了起来。

老鸟收集了细小的树枝、芦苇叶、打包行李时用的白色塑料绳和淡粉色的丝带用来筑巢。

这个圆圆的巢编织得精细极了，很难相信是只靠鸟嘴做出来的，简直就像一个为了装宝贝而精心制作的漂亮盒子。鸟巢底部残留着柔软的羽毛，让我心里一暖。外公也暖暖地笑了。

大概是出于对两个外孙女的关心吧，外公把鸟巢当成送给她们的礼物带回去了。

"绘里香姐姐和舞香姐姐收到这个应该会很开心的。"

我向外公点了点头。（虽然我自己很想要这个鸟巢）

然而，比我大两岁的舞香只是瞥了一眼，连碰都没碰，而比我大四岁的绘里香直接说了句"不要"。

我当时想，这两个家伙不会是傻子吧？这可是外公特意带给她们的，世上独一无二的宝盒啊，她们竟然就这么一口拒绝了！

不过这样一来，这个宝贝就归我了，也好也好。

山顶茶馆

爸爸真正离开家是在我上二年级的时候。

我什么都没问，因为多少已有了些心理准备，而且也觉得对重新开始工作的妈妈有些过意不去。

"我爸妈离婚了。"因为改了姓，我就把情况如实地告诉了班里的同学。尽管不可能没事，但我还是尽量装出一副没事的样子。同学们听了之后，也只是给出了类似"这样啊"的反应。只要大人不说多余的话，二年级左右的孩子并不会想太多。

妈妈开始在我出生前她工作过的公司做兼职，每天下午五点下班，但由于公司在东京，所以六点多才能到家。因此，我放学后会去学童俱乐部①。

———————

① 日本为白天无人监护的小学生（即学童）设立的场所，在他们放学后给予适当的保育。

德治郎与我

爸爸每个月会来看我一次，一般都是在周日。这是爸爸妈妈商量后决定的。他第一次来看我的时候带我去了动物园，第二次去了水族馆。第三次，爸爸到车站接我，然后我们一起去了游乐园。到那里时，一个阿姨在等着我们。她看起来比妈妈年轻。那天，我们三个人一起坐了过山车、摩天轮和旋转木马。午饭也是三个人一起在游乐园的餐厅吃的。当我把这件事告诉妈妈时，她的脸色变了。

看来这是不该说的事情。

爸爸的探视日没了。但也没关系，我想，每周末去外公家住就好了。他应该会带我去田里，还会跟我讲他小时候的故事。

山路上落满了橡子。常绿树木的绿色中夹杂着红色、黄色和褐色，秋天的山上色彩斑斓。

我们沿着山脊小道往田里走，途中有一块地方没有树木，天空一览无余。于是，那里便成了我们休息的场地。

以前，外公总是沿着山路一口气走到田里，中间从不休息，但最近他会在途中休息一会儿。

我在心里把那个地方叫作"山顶茶馆"。就像外公常看的历史剧里会出现的山顶茶棚一样，那里视野很开阔，但它最像山顶茶棚的地方，就是在天朗气清的日子，从那里可以看到富士山。

妈妈曾经说过外公之所以搬来浦贺，是因为他听说这一带山地的所有者能出租田地给想要开辟家庭菜园的人，可是我到现在依然觉得，外公选择这里，最重要的理由是可以看到富士山。

外公热爱富士山。

坐在山顶茶馆古老的大树桩上，外公一边调整着呼吸，一边喝着水壶里的茶。我也从背包里拿出塑料瓶装的运动饮料喝了起来。小白则在周围"哼哼"地嗅来嗅去。

山里的空气凉飕飕的。积雪覆盖的富士山威严挺立，周围的群山像家臣一般拜倒在其脚下。

说起来，从山顶茶馆看到的富士山似乎总是被白雪覆盖着，一定是因为寒冷的季节更容易看到它吧。

我央求正眺望着富士山的外公讲讲"爸爸"的事。

"我老爹死后，在海军工厂做工的大哥成了家里的顶梁柱。逸见过去是海军和工人的小镇。二哥也跟着成了造军舰的工人。

"我总是跟大人对着干，但唯独在这个大哥面前不敢抬头。因为对从小就没了父亲的我来说，长兄如父。我一直管大哥叫'爸爸'。我妈是'婆婆'，大哥是'爸爸'。"

就像我很小的时候妈妈每晚给我读的绘本一样，"爸爸"的故事我听多少遍都听不腻。

在没有爸爸这一点上，外公和我还是挺像的。即使真正的父亲死了，外公也不觉得孤单，大概是因为有"爸爸"在的缘故吧。管妈妈叫"婆婆"，大哥叫"爸爸"，真有意思。有八个兄弟姐妹是怎样的感觉啊……我一边听着"爸爸"的故事，一边漫无边际地想着。

以前我一直没在想什么，但从那阵子开始，我似乎总在想些什么。

　　"一到休息日，'爸爸'就会出去钓鱼，顺便还能给一大家子的晚饭加菜，是个一举两得的爱好。有时候，他也会带我一起去。

　　"我们向安浦的渔夫借了船，由'爸爸'划着船出海。说是船，其实也只是一条只够坐两三个人的舢板。

　　"'爸爸'把船拴在突出的礁石上之后就开始钓鱼了。那里也是海鸬鹚的渔场。那些黑色羽毛的鸟会从岩石上跳进海里去捕鱼。我潜水的本事可不比海鸬鹚差，只不过我不用鸟嘴，而是用三叉戟去叉隆头鱼和黑鲷。

　　"海鸬鹚的巢在更远些的猿岛陡峭的崖壁上。整片悬崖几乎被它们的粪便染成了白色。岛上的原始森林绿得扎眼。白色的沙滩在太阳底下闪闪发光。那沙滩漂亮极了，上头一个人也没有。东京湾里的猿岛是一个建了炮台的要塞，普通人是禁止入内的。

　　"横须贺作为一个军港城市，到处都是像猿岛那样不能进、不能看、一拍照就会被警察抓走的地方。有一回，我和‘爸爸’从吉仓海岸出发乘着舢板去捉梭子蟹，结果一不小心闯进了军港，士兵们冲我们大叫：‘再过来就开枪了！’我们好不容易才逃出来，捡回一条命。”

碧蓝的天空下耸立着雪白的富士山，也许是因为看到喜欢的风景，心情很好吧，外公讲起话来比平时流畅，甚至有些太流畅了，都开始偏离正题了。于是我插嘴道："那其他的哥哥姐姐们呢？"什么"炮台"啊，"军港"啊，我又不懂，相比之下，我更想听外公家人的故事。

正说着话的外公，表情仿佛在做着一场美梦，被打断之后，有些意犹未尽地闭上了嘴。

"其他的哥哥姐姐们呢？"我又问了一遍。外公把视线从高耸的富士山上移开，扬起一边的眉毛，带着若有所思的表情沉默了片刻。

"上头的两个大姐在我还小的时候就嫁人了……"

外公抬起头望向了天空，像是要从天空中找回那些记忆似的。天空高阔，有老鹰盘旋，留下一串"啾咿咿咿咿——"的叫声。

"最小的姐姐一发工资就会带我去安浦馆，还给我买今川烧^①吃。"

"安浦馆?"

"啊?"

外公把耳朵凑了过来。

"安浦馆是什么?"

"以前有家叫这个名字的电影院。"

"除了'爸爸'，其他哥哥也会带你出门吗?"

外公摇了摇头。

"哥哥们根本没把最小的弟弟放在眼里吧。"

"放在眼里?"

"我对他们来说就是酱渣^②。"

虽然我不懂"酱渣"在这里的意思，但通过语气也能大致明白。尽管如此，我还是很羡慕。

"真好啊，外公，"我把心里想着的话原封不动地

———————

① 一种日本点心，因起源于神田今川桥边而得名。用面糊浇入模具烤制而成，一般为豆沙馅。著名的鲷鱼烧就是从今川烧衍生出来的。

② "酱"指的是味噌酱，日本人用"酱渣"比喻微不足道的人与事。

说了出来，"有那么多哥哥。"

"好什么呀!"外公皱起了眉头，"哥哥这种东西才不是越多越好。干了坏事被发现后，被'爸爸'打一顿也就算了，我还要被二哥打，搞不好还有三哥、四哥。"

这可太惨了。我同情起外公来。可是仔细一想，这不都是他自己的错吗?

"是因为外公总是不干好事吧?"

"不是啊，"外公反驳道，"我还是做过一些好事的。"

外公有些较真了。

"什么好事?"

我有些不相信。

"给'婆婆'做帮手啊。"

他倔强的语气听起来像个孩子。

"我和'婆婆'一起上山捡过枯枝。那时候可没有煤气之类的东西，用的都是土灶。煮饭也好，烧洗澡水也好，都要用柴火。也没有自来水，要去井里打水。你知道吗? 井水可是冬暖夏凉的。

"不过，横须贺还是比其他地方先进一些。因为有海军。自来水很早就装上了，铁路也修得很快。明治二十二年①，横须贺站就建成了。大概因为横须贺是东京湾的要塞吧，要是没有铁路，紧要关头就没法运送物资和军队了。"

像是打开了什么开关似的，外公滔滔不绝地说着。

"国道也很早就修通了，就是现在的十六号公路。那是紧急时候用的，所以很气派。——紧急时候就是打仗的时候，毕竟横须贺是个军港城市嘛。"

我并不知道"军港城市"是什么，但即便是八岁的孩子，也知道"打仗"是什么意思。

"以前打过仗吗?"

"嗯。"

"什么时候打过仗啊?"

外公缓缓地眨了眨眼。

"我年轻的时候。"

他那玻璃珠般晶莹剔透的眼睛里映着富士山的影

———————

① 即1889年。

子，但他的视线仿佛穿过了富士山，望着更遥远的地方。

"三哥和四哥去打仗了，没有回来。"

"没有……回来……吗？"

"啊？"

外公有些心不在焉，好像在想别的事情。

"其他几个哥哥呢？"

外公慢慢地转头看向我。

"'爸爸'和二哥在海军工厂造军舰，而且两个人都不年轻了，没被征兵入伍。"

"'爸爸'和二哥没去打仗啰。"

"对啊。"外公喃喃道，"'爸爸'活到了七十二岁。我已经比他多活十年了。"

我当时其实想问外公他有没有去打仗。但外公自己先开口说了起来：

"我从高等小学毕业后，也进了海军工厂见习培训所。"

他那一本正经的语气不同以往，让我没法插嘴。

"我在造船部学习之后被分配到了工厂。仗打得越来越激烈，有很多受损的军舰需要修理。不过，横须贺海军工厂的工作可不止这些，还肩负着把信浓号①军舰改装成航空母舰的任务。"

外公有些骄傲地说。

"信浓号是当时世界上最大的航空母舰……"

外公说着说着，不知为何叹了口气。

我抓住这一瞬间的停顿，插上了话。

"外公，你去打仗了吗？"

外公眯着眼睛看着我。

"我应征入伍后，去了不入斗②的陆军练兵所。"

我的第一反应是"不是海军啊"。而且，我也不知道"练兵所"是什么意思。

"练兵所是什么？"我问。

"就是训练新兵的地方。我还在训练的时候，战争就结束了。"

---

① 信浓号原为战舰，建造到一半时被改造成航空母舰。在1944年的第一次正式出航中，信浓号仅仅航行了17个小时便被美军潜艇发射的4枚鱼雷击沉，成了世界上最短命的航空母舰。

② 地名。

　　"太好了，外公也没去打仗。"

　　外公好像什么也没听见似的，把目光从我身上移开了，然后"嗨哟"一声，慢慢地从树桩上站了起来。

石头大战

我有生以来第一次独自旅行，是在刚升上三年级
的那个四月 ①。

虽说升到了三年级，但由于既没有换班级，又没
有换班主任 ②，所以我在学校那头并没有感觉到有什么
变化。正因如此，比起升学，搬家对我来说才是更大
的变化。

我们之所以搬到了新公寓住，是因为妈妈成了正
式员工。

———————————

① 日本的新学年从四月开始。
② 日本小学生在校期间大多会每隔一两年经历一次班级重组，届
时同班同学和班主任都会有变化。不过，这并不是一项全国统一的
举措，也有学校不这样做。

正式员工很忙，做销售还需要加班。现在的公寓离车站步行两分钟，离营业到晚上九点的超市也很近。

以前到了周末，妈妈都会带着我回外公家，但自从开始全职工作后，周末就成了她集中处理积攒的家务的日子。一大堆事情等着她做：不仅要打扫卫生、洗衣服，还要做好一周的菜冷冻起来。再加上刚搬了家，还需要收拾，妈妈已经精疲力竭，没法再在周末去浦贺了。

于是，一到周末，我就闲得发慌。朋友们在周末也各有各的事忙，很难约到一起玩。找不到玩伴，我就缠着妈妈撒娇说想去外公家。妈妈一定是累坏了，对吵嚷的儿子说出了这样的话："你那么想去的话，自己一个人去好了。"

"好呀!"

我当然没有异议。

妈妈似乎马上就后悔了。

但是，这可是她先提出来的。机不可失。我表现得很坚决，用"班上也有一个人坐电车去上补习班的同学"这种真假难辨的信息说服了妈妈。

就这样，我得到了"冒险"的机会，而妈妈则跑去买了"放心"——第一次独自旅行还附带了意想不到的赠品，我竟然得到了之前怎么求都求不到的手机。

那时候，班里只有两三个同学有手机（当然，当时智能手机还不像现在这么普及，用的是翻盖手机）。

我有生以来第一次一个人坐电车，说是"冒险"也不算夸张。不过，浦贺我已经去过无数次了，而且现在还有了手机，想必没什么问题。下定了决心的我甚至还抓住机会说服了妈妈，让她允许我住一晚再回来。毕竟，一个人的旅行怎么能当天就回来呢？

"没事啦。"

我向一脸担心的妈妈竖起了大拇指。

妈妈把我送到横滨站的京滨特快站台，我坐上了开往三浦海岸的特快列车。背包里装着换洗衣物、过夜要用的东西和妈妈在横滨站地下商场买的礼物，沉甸甸的，但那份重量更让我有一种勇士踏上冒险之旅的心情。我目不转睛地望着窗外，每经过一个车站都会确认站名。过了追滨站，隧道一条接着一条出现。

电车开始在山间急驰。车厢内时而昏暗，时而明亮。每穿过一条隧道，窗外的绿色就会多一些。列车开过了安针冢站，开过了逸见站——那里连山上都有房子，抬头就是天空。那是外公小时候的地盘。

到横须贺中央车站时，很多乘客下了车。从中央车站驶出后，电车又马上钻进了隧道。出了隧道，车窗外豁然开朗。电车正沿着海岸行驶。尽管因为高楼的阻挡，海岸线断断续续，但天空始终开阔。在堀之内站，我换乘了慢车前往浦贺。终点站就是浦贺。

小白和外公在浦贺站的检票口等着我。外公牵着狗，穿着平时去田里穿的工作服和长筒靴，这身装扮显眼极了。

外公看到了我，举起了手，像是在说打招呼时说的"噢"。那一瞬间，我有点想哭。虽然大言不惭地对妈妈说了"没事啦"之类的话，但实际上第一次一个人旅行的我非常紧张。

我差点要一步三级地跑下楼向外公奔过去。不过，这和冒险的最后一幕可不太相称。冷静，冷静。于是，我摆出一副"我也是该出手时就能出手"的从容姿态，故意慢慢地走下了楼梯。

"给你带了烧卖哦。"

这是我说的第一句话。

"喔喔。"外公笑了。烧卖是他爱吃的东西。

浦贺站建在山崖上，出了检票口还得再下楼梯。因为小白不擅长下楼梯，所以我们没有选择直接通向站前人行横道的左侧楼梯，而是沿着右手边的斜坡迂回下到了地面。外公和小白慢慢地走下斜坡，又花了一些时间慢慢地走过人行横道。我也跟着外公的步伐慢慢地走着。

那时我终于意识到，不是我走得快了，而是外公走得慢了。

过了人行横道，我们依然慢悠悠地走着。

我一边望着左手边浦贺船坞的围栏，一边想到什么就说什么，说个没完。我有好一阵子没见到外公了，所以有很多话想和他说，比如新公寓的事，还有学校的事。

"哦，是吗？"

外公不时地在奇怪的时机附和着。

说不定，他没有听清我在说什么。

当我一边说着妈妈给我买手机的来龙去脉，一边从口袋里拿出实物时，他皱起了眉头。既不是赞赏也不是惊讶，他的脸上只挂着"不喜欢这玩意儿"的表情。我没有理会，而是当着他的面给妈妈打了电话。虽然妈妈的确叮嘱过到浦贺后要给她打个电话，但我当时肯定也是想向没有手机的外公炫耀一下吧。

外公耷拉着嘴角，看着正在跟妈妈报告顺利到达的我。

"外公要不要说两句?"我问。他冷淡地回答"不用"。

外公原本就是个讨厌电话的人，讨厌到家里的电话响了也不接的程度。

那天下午，在去田里之前，我们到附近的公园赏了花。

外公家所在的住宅区里有三个公园，其中地势最高的那个公园里，八重樱正在盛开。

　　春天的山被淡淡的苔绿、黄绿和白色覆盖着。白色来自山樱。在通往田里的山脊上，在米槠、栎树和红楠的绿色之间，山樱绽放着洁白的花朵，舒展着泛红的嫩叶。虽然和华丽的八重樱比起来显得很朴素，但自从听外公说"山樱是吉丁虫喜欢的树"之后，山樱在我心中的地位就直线上升了。

　　田里，秋天种下的豌豆结出了翡翠色的豆荚。

　　外公种菜豆的时候，我就和小白玩，或者抓抓卷心菜叶子上的青虫。

　　等到播种告一段落了，我就看准时机央求外公给我讲他小时候的故事。没能来浦贺的那段时间，我就像饿着肚子一样，一直渴望着听外公讲他小时候的事情。

　　在一系列"小时候"的故事中，我印象最深的是"石头大战"。

　　"过去啊，横须贺站内的一部分和铁路沿线的一些地方是逸见的海军兵团用地——海军兵团就是训练海军上兵的地方。逸见这个地方，以前扔块石头就能砸到好几个兵，可以说是海军之城、军舰之乡了。后来，海军兵团转移到了现在的基地，不过我小时候，海军运动场还在横须贺站的铁路边……"

"石头大战"的开场白很长。

"只有小学开运动会的时候，这个运动场才会对我们开放，平时是禁止入内的，有门卫看守。但是，我们会钻过铁蒺藜偷偷溜进去。那里是一片草地，有很多蜻蜓和蚱蜢。不过，我们总是会被门卫发现。门卫大声叫嚷着追过来，我们就只能四处逃窜了。"

"外公老是在逃呢。"

"啊，是啊，老是在逃。不过，能撒丫子笔直往前跑的宽敞平地也就只有那里了，所以不管怎么被骂、被赶，那一带的孩子还是想要在宽阔的地方玩。毕竟逸见和吉仓都是被山包围的小镇嘛。"

"吉仓？"

"哦，吉仓啊。吉仓是逸见隔壁的小镇。吉仓的孩子和逸见的孩子上同一所小学，算是校友吧。我们是那种一遇到事情就用石头大战来解决的关系。西逸见和吉仓交界处的山上有大小正合适的台阶，逸见和吉仓的坏小子，多的时候能有二十多个，就在那里碰头，互相扔石头。"

"这算打架吗？"

"嗯，算是吧。"

"扔石头不是很危险吗？"

"危险什么呀，没事的。你没听过那种石头吗？就是淋了雨就会变软的那种。即便砸到了也不要紧的。"

"是吗？"

"哦，说起来，好像有个吉仓来的家伙受伤了。"

"这不是很危险吗？"

"说是受伤，其实也就是额头那里被砸出了点血而已。但那家伙的父母来学校告状了。明明没什么大不了的，就那种石头。可能正好那家伙的额头比较软吧。要是额头硬一点，碎的就是石头了。"

"这可说不准哪。"

"但是，因为家长来学校吵，这事就闹得沸沸扬扬了，老师对我说'最坏的就是你'。因为我是头子嘛。头子就是那个，'小鬼大王'的意思。而且因为我棒球打得好，控球好，老师就说'肯定是你扔中他的'——明明都没有在场亲眼看见。然后，老师就拉着我去赔礼道歉。我说了声'对不起'，算是道歉了。"

"为什么只有外公一个人去呢？这也太过分了吧！"

"就是啊，双方说好了才动手的，道什么歉啊。不过嘛，也没办法，我可是逸见山里的小鬼大王。"

那个时候的我还不太清楚"小鬼大王"是什么。

"可是，这不公平。"

"嘻，这是常有的事。我经常被老师骂。我以前的老师可吓人了，动不动就打人。"

"总觉得外公老是挨打。"

"是啊，被用寒竹啪啪地打头。"

"寒竹？"

"是一种竹子。软软的容易弯曲，打起人来应该很顺手吧。你知道吗，被那竹子打过的话，头上会留下一道红线，从额头一直到后脑勺。"

外公小时候的故事很有趣。但是，童年当然不可能只有有趣的事情。

"那会很疼吧？"

"当然疼啦。"

他一边说一边摸着额头，满不在乎地笑着。毕竟是很久以前的事了，外公大概已经忘记那种痛了吧。但我笑不出来。西逸见的孩子和吉仓的孩子打架前明明是说好了的，结果却只有外公一个人被老师用竹子狠狠地打了一顿，实在是太过分了。外公小时候太可怜了。如果那个老师在我面前，我一定会哭着抗议的吧，因为我最喜欢孩童时期的外公了。

然而，他本人似乎觉得这是没办法的事情，因为他不仅是个坏小子，还是个讨厌学习的坏小子。

"因为我是个不爱学习的人。上课的时候，用戏剧里的话说，我就是个'路人甲'。这样的人一般都会首当其冲被老师骂的。"

外公这么说着，露出了一丝毫不在乎的笑容。

"不过，到了运动会的时候，我可就是主角了。我躲避球和棒球打得很好，在学校里是出了名的。"

"外公，你会打棒球吗？"

"何止是会啊。以前有小学棒球比赛，我可是逸见小学棒球队的投手哦。对了，还是主力投手。击球的话，我一般是一棒或者二棒，因为我跑得快。不过我个子小了点，所以三棒和四棒就打不了了。"

外公的确个子很小。实际上，他比我妈还矮。这样的外公以前棒球打得很好，而且还是主力投手……真的假的？

大概是因为我心里的这些想法全写在脸上了吧，回到家以后，外公从架子上取下了一本旧相册，掸去灰尘，给我看了一张泛黄的照片。

照片里的外公身穿棒球服，年轻极了，身边是一群穿着同款制服的男人。

制服的胸前印着"逸见老鹰队"的标识。

逸见老鹰队是外公还没和外婆结婚的时候（大概还是二十出头的年纪），召集了一群朋友组建的业余棒球队，外公是队里的队员兼教练。

原来是真的啊……

我对外公刮目相看起来。

"外公，你真厉害。"

"嘿嘿嘿嘿。"外公笑了，一半害羞，一半得意。

平
作
河

就这样，每周六我都会一个人去外公家。

不管说了多少遍不用来接我，我每次都还是能在检票口看到外公，牵着小白，一身去田里时的打扮。

现在回想起来，一条寒碜的老狗和一个穿着脏兮兮的工作服的老人站在检票口，一定会让来来往往的人感到奇怪的吧。但是，每当我看到检票口另一边的外公和小白时，心里就会变得暖暖的，像突然被点亮了一样。

然而，这样的日子并没有持续多久。

不知道为什么，从那时起，班上，尤其是男生之间，开始流行起体育运动来。

德治郎与我

有的人加入了足球队、棒球队或小学生篮球①队，有的人开始练空手道、剑术，甚至还有人开始上高尔夫培训学校。这些家伙，原本在放学后到公园或操场上玩玩球就心满意足了，现在却掀起了一股"男孩子就应该练练体育"的风气。后来想想，那时正好是家长们热衷于送孩子去参加体育运动的时期。

经常有朋友问我要不要加入足球队，或者要不要加入社区的少年棒球队，又或者要不要一起打小学生篮球。

但我迟迟下不了决心，因为担心自己跟不上大家。

那时的我个头很小，又矮又瘦。

直到知道了身材瘦小的外公曾是西逸见山上的小鬼大王，还曾当过校队的投手之后，我才觉得或许我也可以。毕竟我身上也有外公的遗传。

我本来是打算去踢足球的，因为踢球很酷。

和妈妈商量后，我们决定先去参观一下，于是两人一起去看了朋友邀请我去的那个足球队的练习。去

①　又叫迷你篮球，在日本指12岁以下的小学生打的篮球。与常规篮球相比，小学生篮球的球小、场地小、篮筐低，且规则略有不同。

了之后我们才知道，训练过程中家长必须全程陪同。除此之外，家长还有许多事情要做，比如带队到比赛现场，而且还要轮班负责后勤工作，对于妈妈这样的上班族来说负担太重了。

无论是棒球、足球还是小学生篮球，只要是由志愿者担任教练的球队，都需要家长的协助。我知道妈妈工作很忙，所以没有强求。

也有由体育俱乐部经营的足球培训学校。要是去那里，就可以自己选择合适的训练时间，父母既不需要陪同也不需要轮班做后勤。但是，每月的学费就会很高……

就在这个当口，妈妈发现了一个橄榄球培训学校。那里的家长不需要轮班做后勤——她似乎是被这一点吸引的。而且它的主场就在距离我们的住处步行十二分钟远的运动公园，这一点也很合适。

我都不知道有橄榄球这项运动，之所以会去运动公园参观，只是因为妈妈很感兴趣。

那天阳光明媚，像是在预示着梅雨季节即将结束。

运动公园绿草如茵的场地上，同时有好几支队伍或是在训练，或是在比赛。其中还有一支一看就知道是由还在上幼儿园或托儿所的孩子组成的队伍。

幼儿队正互相抢着球，像纳豆①一样乱糟糟地搅在一起。

"怎么有点像在玩捉人游戏啊？"妈妈发表了感想。她也对橄榄球这项运动一无所知。

小学生的队伍是以年级划分的，比赛已经打得有模有样了。

看了一会儿，我明白了橄榄球虽然也是球类运动，但它是一项需要身体碰撞的激烈运动。高年级队伍的速度和气势都非常强。这看起来应该是外公会喜欢的运动。

但是，妈妈似乎觉得橄榄球不适合我：

"橄榄球，怎么看着有点危险啊？"

话里带着怀疑的语气。

"不要紧的。"

站在我们旁边观看比赛的阿姨对妈妈笑了笑。

---

① 日本传统食品，起源于中国的豆豉，由黄豆发酵而成，有黏性和独特的气味，一般加入酱油或芥末并搅拌至出丝后食用。

刚对我们说完"不要紧的",下一秒她突然大叫一声:"达阵^①!漂亮!"

观看比赛的大人和小孩都在为抱着球冲到球门线上的女孩鼓掌。

原来这就是"达阵"啊,我懂了。

那个马尾辫一甩一甩的女孩在场上跑来跑去,动作相当敏捷。面对挡在前面的对手,只见她忽左忽右地跨步,潇洒地甩开了对方。

"小学生的橄榄球,好像跟体型、性别还没有太大关系。"

正如那个阿姨所说,小学生的队伍里有高的也有矮的,有胖的也有瘦的,体型各异。

"你看,女孩子不也在打吗?"那个阿姨指着扎马尾辫的女孩说,"小学女生和男生的体格差别还不是很大。"

"是啊,"妈妈附和道,"五六年级之前,甚至是女孩子长得更快呢。"

————————

① 即"触地得分",进攻队员攻入防守方的得分区内用手持球触地,是橄榄球比赛中重要的得分方式。

妈妈似乎和她挺聊得来的，两个人很快就不再用敬语了。那个阿姨自称"佐藤"。

她把自家上四年级和五年级的两个儿子都送到橄榄球学校了。妈妈从她那儿了解到了很多信息。

橄榄球学校的成员从幼儿园孩子到中学生都有。教练也是，从大学生到老爷爷，各个年龄段的人都有。正是因为教练的人数多，才不需要家长轮班。

"对上班族妈妈来说，这真是帮了大忙了。"

她深有感触的口吻，让妈妈听得直点头，我那时就在想，看来是要决定选这个了吧。

"不过，我把孩子们送来这里的最重要的理由是：儿子们可以接触到各个年龄段的男教练。对我们家这种单亲家庭来说，这一点很重要，对吧？"此话一出，我就知道，定了。

当我告诉外公自己加入了橄榄球培训学校时，他口中说着"是吗是吗"，嘴角绽开了笑容。

只要是体育运动，外公就没有不喜欢的，所以他对橄榄球也很了解，也知道争球、擒抱之类的橄榄球术语。毕竟他每天都在电视上看体育节目，那可不是白看的，我心想。

我终于和外公有了共同话题。

这本是好事，但橄榄球的练习日定在了周六。

我告诉他今后可能不能像之前那样每个周末都来住了。"反正马上就要放暑假了吧。"外公似乎不怎么在意。是啊，我也觉得。暑假期间随时都可以来，当时的我这样想着。

可刚放暑假，我就报名参加了车站附近的游泳学校开设的暑假短期培训班，五天时间就学会了自由泳和蛙泳。学会游泳后，每逢学校泳池开放日，我都会约上朋友去游泳。学校泳池不开放的时候，我们就会去运动公园里的市营游泳池。在橄榄球学校练得汗流浃背后，我会和佐藤兄弟、其他学员，或者来当教练的大学生哥哥们一起直接去市营游泳池（几乎把它当成了澡堂）。

那阵子，每天都是超过三十度的炎炎夏日，热得仿佛没有泳池就过不下去。

现在想想，我当时的情况就跟孩童时期的外公每

德治郎与我

天去马堀海岸差不多。

　　妈妈公司放的盂兰盆节假期的最后一天，亲戚们和往常一样聚在外公家。

　　说起来，之前我并没有想过为什么到了盂兰盆节，所有的亲戚都会聚在一起，那年夏天，我明白了其中的缘由。

　　因为大人也放暑假了。

　　以前我之所以没有注意到大人的暑假，大概是因为，即使到了节假日，爸爸也总是不在家吧。

　　妈妈的公司总共放五天假，其中还包括周六和周日。我们去箱根住了一晚。上一次家庭旅行的时候我还是个婴儿（妈妈是这样说的），所以这对于我来说很新鲜。

　　旅行之外，我们还去了附近的水族馆和休闲浴场。妈妈发了奖金，似乎手头宽裕了些，出门那天还带我去家庭餐厅①吃了晚饭。

---

①　指的是在日本常见的以家庭为主要顾客的连锁餐厅，由中央厨房集中烹饪食材后配送至各个店铺，店铺只对食材进行最后的加工。

"啊，吃完饭不用收拾，真幸福。"

在家庭餐厅吃了汉堡套餐和烤肉套餐后回家的路上，妈妈看起来非常高兴。

原来这么点事就能让妈妈觉得幸福啊……我心想。

"这肤色不错啊。"

许久未见的外公看到我时眯起了眼睛，仿佛我有些晃眼。

实际上，每天去游泳池的我，这会儿皮肤晒得黝黑。

"外公……是不是个子变小了？"

好久不见，我觉得外公的个头好像变小了。

"嗯，人上了年纪，就会变矮。"

外公闭上一只眼睛做了个鬼脸。平时的他可是绝对不会做鬼脸的。

我笨拙地笑了笑作为回应。尽管学校放了暑假，自己却还是只顾着和朋友玩，把外公抛到了脑后，这让我有些内疚。

新年之后，这还是我第一次和其他亲戚见面。表姐和阿姨们也发生了变化。

从大阪回来的直子阿姨剪了短发，看起来更年轻了。

大人们的话题集中在直子阿姨辞职成了自由职业者这事上。自由职业者好像是自己一个人单干的意思。"这样没问题吗？"妈妈担心地问。景子姨妈家的那位姨父则佩服地说："真是个热爱挑战的人啊！"听到这话，我才明白了直子阿姨做了一个需要勇气的决定。

但景子姨妈的反应是："既然回来了，以后记得多来浦贺看看。老爸也不可能一直那么硬朗。"

那样子，就像学校的老师，对着因为和隔壁班同学约好了放学后比赛踢足球而兴致勃勃的男生们叮嘱道："还是应该先写作业。"

景子姨妈本来就是个既认真又严肃的人，但那天的她，神经绷得比新年见面的时候还要紧。她为什么会这样，我多少也有些头绪。妈妈开始全职工作后，不能再像以前那样常常回老家了，我想这应该是原因之一吧。

那段时间，照顾外公的事，比如时不时来浦贺收拾屋子，做些菜储存着，都是景子姨妈一个人在做。

但是景子姨妈发射的紧张光波似乎对直子阿姨不起作用。

"大姐，你该不会是觉得自由职业者很闲吧？不好意思，我比以前更忙了。"

直子阿姨呵呵笑着。

"一直做家庭主妇的人是不会懂职场女性的辛苦的。"

妈妈站在了直子阿姨这边。她的语调之所以这么阴郁，我猜是因为公司的盂兰盆节假期到今天就结束了。

上了五年级的舞香褪去了孩子气，变成了一个打扮入时的女生。绘里香没有来。

大家都尽可能不提这事。

"绘里香呢？"

多嘴的是直子阿姨。

"忙着上补习班的暑期培训呢。"

景子姨妈的太阳穴微微跳动着。

"升学考都结束了，还在上补习班？"

　　那个时候，亲戚之间应该达成了一种默契：不谈
论有关绘里香的话题。但是，直子阿姨不管这些。

　　"你倒是想想，"趁景子姨妈去了厨房，妈妈瞪着
直子阿姨说，像是在责备迟钝的孩子，"哪有盂兰盆节
还在上课的补习班？"

　　"是吗？"

　　直子阿姨性子天真烂漫，是姐妹中最随性的一个。
我并不讨厌她的这种随性，但景子姨妈好像不喜欢。
对于严肃的长女来说，随性大约就相当于胡闹吧。

　　"而且，绘里香早就已经没在上补习班了。"

　　妈妈边注意着景子姨妈的动静，边压低了声音说。

　　"那为什么不来？"

　　"肯定是不想见到亲戚们啊。"

　　妈妈更多嘴。

　　"叛逆期啊。"

　　直子阿姨仿佛觉得很有趣似的笑了。

　　小学升初中的考试落榜后，绘里香就像变了个人
似的。一向听话懂事的好孩子突然变得像狮子一样暴
躁，让景子姨妈很头疼。这本是亲戚之间避而不谈的

话题，直子阿姨却毫不顾忌。或者说，她可能根本什么都没想。

"老爸他……"

从厨房出来的景子姨妈突然开口。

在确认了妹妹们都在听自己说话后，她继续道："最近身体好像不太好。"

景子姨妈强行改变了话题。

"他没去田里吗？"妈妈问。田是外公健康状况的晴雨表。

"去是在去……"景子姨妈含糊地说，"但是，最近总觉得他走路有些不稳……经常绊倒。"

"老爸毕竟也上了年纪了。"

直子阿姨轻描淡写，仿佛在说年纪大了就是这样的。

这种事不关己的语气让景子姨妈皱起了眉头。

"要是担心的话，"妈妈开口道，"就去医院看看吧。"

"那你能带他去吗？"

景子姨妈抬眼看向妈妈。

"为什么是我?"

"即便我只提一句'老爸,你最好还是去医院检查一下',他就会发脾气啊。"

"我懂我懂,"直子阿姨依然轻描淡写,"老爸这人就是这样,就算身体不舒服,也会说没事,绝对不去医院。"

"他确实讨厌医院,坚决不去的那种。"妈妈说。

"与其说是讨厌医院,不如说他讨厌的是医生吧。"景子姨妈家的那位姨父一直默默地听着三姐妹的对话,这会儿小心翼翼地插嘴道,"岳父很反感权威,或者说反感自以为是的人吧?"

大家的注意力都被姨父说的话吸引了过去。

"我并不是说医生自以为是,"姨父自己补充道,"岳父不是本来就不喜欢别人指手画脚吗?但医生总会告诉病人要这样做或者那样做,他大概是讨厌这个吧。"

"对的对的,"直子阿姨似乎觉得很有意思,"然后,他就会生气,突然就发起火来了。"

"这性格是天生的,"妈妈叹着气说,"实在不知道那样的性格，是怎么一直撑到退休的。"

"这话怎么感觉有切身体会在里面啊？自己重新开始工作以后深有感触了？"直子阿姨开玩笑似的说，"我倒是觉得，没有辞退老爸的那家公司挺宽容的。"

直子阿姨依然笑嘻嘻的。

"肯定是老爸用他的方式忍了呗，为了养家糊口。"

景子姨妈用学校老师般的责备口吻对直子阿姨说。

"可是老爸一直没能出人头地啊。"

直子阿姨虽然嘴角带着笑容，但眼睛里没有笑意，就像班级里顶撞老师的刺头学生。

就在客厅的气氛微妙地紧张起来的时候，景子姨妈家的那位姨父又把话题拉了回来："不管怎样，还是去一下医院比较好吧。"

景子姨妈舒展了眉间的褶子，直子阿姨收起了嘴角的笑意。

"岳父又不是江户时代的人，无论如何也不可能到现在为止一次医生都没看过吧。难道岳父没有熟悉的医院吗？或者总有一两个熟悉的医生吧？"

"说起来……"景子姨妈好像想到了什么，"逸见的那位医生呢？喏，就是老鹰队的那位。"

"那是什么，摇滚乐队①吗？"

面对插科打诨的直子阿姨，景子姨妈的眉间再次挤出了深深的褶子。

"那是很久以前的事了，你年纪最小所以不知道，老鹰队是一支业余棒球队，老爸是教练。"

"啊，好像是听说过，老鹰队的成员里有个医生。"妈妈好像也想起了什么，"可是，虽然是医生，但好像是牙医吧？"

"那不是没用嘛！"直子阿姨咯咯地笑着说。

她笑得有些过了。

"不管怎样，"笑了一会儿，直子阿姨突然一脸严肃地说，"我很忙，没法陪他去医院。"

"我也不行，我是全职上班，陪老爸去医院的事就交给大姐了。"

"我也不想去啊。老爸一不高兴就会突然发脾气，大声叫嚷，也不管是在什么地方。"

---

① 指美国著名的老鹰乐队。

"这事果然还是得大姐来吧。既是长女，又是家庭主妇，有时间。"

景子姨妈似乎本想说什么，却又把话咽了回去。两个有工作的妹妹联起手来，作为家庭主妇的景子姨妈似乎就处于劣势了。

经常绊倒大概是上了年纪的缘故。外公每天早起下地，傍晚又下地，这样的生活并没有改变，硬把他拉到医院去，万一他发火了可就麻烦了。大人们的谈话到这里就打住了。似乎谁也没有勇气带外公去医院。

在此期间，外公像往常一样绷着脸盯着电视屏幕，一脸严肃地抿着嘴，耷拉着嘴角。

去田里的时候，我自然而然地走在了最前头。小白也由我牵着。外公走路的速度比之前更慢了。

进入山路后，蝉鸣声越发响了。树丛遮住了阳光，山路显得有些昏暗。

外公好几次停下脚步，调整呼吸。

"最近，总觉得他走路有些不稳。"我的脑海里浮现出景子姨妈的话。外公本来可是以腿脚结实为傲的。

"没事吧?"

我打量着外公的脸。

"没事,"外公微微扬起耷拉着的嘴角,"上了年纪,就容易喘不上气。"

无论谁走上坡路时都会气喘吁吁的。上了年纪,走路变慢、爬山路费劲也是很正常的吧,我想。

到了田里,外公像往常一样同旁边田里的老爷爷你说东我说西地寒暄了几句,做了个深呼吸,耷拉的嘴角扬了起来,仿佛在说"山里的空气真好"。

久违的田里,绿叶茂盛极了,甚至都有些茂盛过头了。芋头的叶片大得可以在下雨时当伞用。不知名的杂草长得极高,个头都快赶上玉米了。番茄藏进了狗尾草丛里。紫苏的紫色叶片淹没在疯长的杂草中。

一阵子没见,原本精心打理过的田现在变成了杂草园。

"天热,草长得猛。"

外公似乎有些无奈,眉毛也耷拉了下来。

"今年实在热得不行啊,杂草就随它去了。"

今年夏天的确热得不行。

"我来吧。"

外公瞪大了眼睛。

我自己也很惊讶。毕竟在那之前，我从来没有想过要这么做。但是当时，我就是觉得我不做谁做。我已经是三年级学生了，会打橄榄球，也会游泳了，能给外公做帮手了，我想。

"我来拔草，外公你给菜浇水吧。"

这大概是我第一次指挥外公做事吧，而且还是在他的专业领域。

外公板着脸，用长柄瓢舀起水缸里的水开始浇菜。我借了双手套开始拔草，但很快就发觉这不是我能完成的工作。那些杂草的根紧紧地扎在干燥的土壤里，并不是轻轻一拔就能拔得出来的。

没过多久，我就受不了了。

"谢谢你啊，"外公摸了摸我的头，露出松了一口气的表情，"剩下的事情就交给我吧，等下了雨，土变软了再说吧。"

他之所以松了一口气，大概是因为不喜欢别人摆弄自己的田吧。外公是个万事都要亲力亲为的人。这块田就像他统治的王国,管理王国是国王的工作。无论是杂草丛生还是如何,都是国王的圣意。

"国王"收获了三个熟透的番茄,吩咐说"今天就到此为止吧",随后就在树荫下蹲了下来,拿起水壶,把里面的茶咕噜咕噜地往塑料壶盖里倒。我也蹲在一旁,喝着瓶装水。

望着分不清蔬菜和杂草的田地,我一直沉默不语,觉得连拔草都拔不好的自己很没用。

外公一点一点地喝着水壶里的茶,突然像是要盖过头顶上的蝉鸣声似的大声说道:"我小时候啊……"

"我小时候啊,经常走很多路。

"一到周日,我就让婆婆帮我捏几个饭团,和伙伴们一起去平作河钓鱼。过去啊,谁都没有自行车,所以我们是走着去的,要穿过很多隧道,中途还要拐去牧场一趟。牧场里有很多蚯蚓。以前的人钓鱼可不买钓饵,在牧场挖点蚯蚓就可以了。那里的蚯蚓可比水沟之类的地方多多了。我们用棍子挖——毕竟谁都没有铲子——在地上随便捡根棍子就开始挖了，竟然也能挖出不少来。"

已经好几个月没听到外公讲他小时候的故事了。或许他也是希望有人能听他讲的吧，我有这种感觉。

"既没有自行车，又没有铲子？"我问。

"啊？"

那天，外公即便是在田里，耳朵似乎也有些听不清楚。

"穿过隧道到了衣笠……不，不对，现在那一带叫什么来着……对了，叫池上。池上十字路口。走到了那一带，要是那里钓不到鱼，就朝衣笠的方向再走些，越走越远。要是那里也钓不到，就去根岸的练兵所那边。因为根岸那边能钓鱼的地方更多。真是走了不少路啊。离逸见得有几公里啊。现在可走不了那么多路了。但小时候就没事，不管走多远都不要紧。"

"你们钓到什么了？"

"啊？"

"钓到，什么，了？"

"钓了鲫鱼之类的。还抓到过泥鳅。啊？不，不是空手。泥鳅光用手可抓不住，是用网逮的。那个叫什么来着，喏，就是那种红红的……啊？哦，蝲蛄^①吧。你说叫小龙虾的那种？那个没有钓到过。不过有小拇指大小的虾。那时候的河水就是这么清。平作河的两边都是水田，也很漂亮。以前是不喷农药的。不过，我们这群捣蛋鬼总是把人家的田糟蹋得乱七八糟，还把秧苗踩倒。

"因为我以前是个坏小子嘛。"

得意扬扬的口头禅。

"我知道。"

我的声音似乎没有传到外公的耳朵里。

"外公见到健一似乎很高兴呢，"在从浦贺回来的电车里，妈妈对我说，"暑假期间再去看看他吧。"

"嗯。"当时我是这么回答的，可回到横滨后，每

---

① 指日本蝲蛄，又称日本黑螯虾。壳为灰黑色，与小龙虾类似，但体形较小。

天都泡在游泳池里，暑假很快就结束了。我开始觉得，比起去外公家，还是和朋友们一起玩更有意思。

尽管心里总想着"要去，要去"，但直到群山染上红黄，直到富士山银装素裹，我也还是没有去浦贺。周六要去橄榄球学校只是借口，实际上是我嫌去浦贺太麻烦了。

所以，那大概是我最后一次听外公讲他小时候的故事了。

绘

里

香

我小学三年级的冬天，一个风中还带着寒意的二月，外公住院了。

我和妈妈到医院的时候，手术已经结束了。外公被转移到了重症监护室，床边是景子姨妈和绘里香。

外公闭着眼睛躺在床上。眼窝凹陷，形成了一片阴影。覆在口鼻处的透明氧气面罩上蒙着一层薄薄的雾。手臂和胸部都插着管子，连着电线。床头边的仪器显示屏上流淌着红色、绿色和白色的波浪线。

那天正好是周二。

外公的运气很好，因为周二是景子姨妈去浦贺看他的日子。

　　没过多久，直子阿姨也赶了过来。大家都到齐了之后，护士把妈妈她们叫了出去，好像是负责手术的医生有话要对家属说。

　　我和绘里香留在了病房里。

　　很久没见面，这个比我大四岁的表姐的变化大到让我吃惊。

　　印象中的她总是穿着漂亮的衣裳，将刘海齐齐地留到眉毛上方，露出那双仿佛能洞察一切的淡定的眼睛，笔直的长发散发出柑橘类水果的香味，是一个让我难以接近的大姐姐……可是，眼前的人却胖得让我差点没认出来。

　　刘海遮住了她细长的眼睛，原本披在背上的长发如今向后扎起（与其说是扎了马尾辫，不如说是觉得碍事就随手一扎），暗淡的灰色卫衣下搭配着露出膝盖的牛仔裤。她现在的样子是另一种意义上的难以接近。

　　还没能接受外公做手术这一事实的我，完全不知道该怎样面对几乎变成了另一个人的表姐，只能僵立在病房的一角。

　　"听说这个人，直到变成这样之前，一直忍着。"

她站在病床边，低头看着外公，放肆地用"这个人"指代他，那冷冰冰的声音让我有些畏缩。

"真是的，不知道在想些什么！"

帘子般的刘海遮住了绘里香的半张脸，我看不清她的表情。

不知道该如何反应的我，陷入了手足无措的窘境。

"中午十一点左右吧……大概，手机响了。我刚睡着就被吵醒，脑子里像起雾了一样迷迷糊糊的，结果就听到电话那头一个又尖又细的声音说'外公现在要进手术室了'，这样一来我也实在没有睡意了。"

那个时候，绘里香过着日夜颠倒的生活的事我也听说了。

"什么'今天没法接送舞香去补习班了，你跟她说一下'啦，'晚饭的话，冰箱里有炖牛肉，解冻了吃'啦……妈妈叫嚷着那些无关紧要的事，但比起这些，你倒是先告诉我外公出什么事了啊，对吧？但是，她慌慌张张的，就好像没空说那个似的，即使我想问也问不清楚吧，于是我想还不如直接到医院去，那样反而比较快。"

透过帘子般的刘海注视着外公，绘里香打开了话匣子。看样子，她是想把这件事到现在为止的来龙去脉告诉我。

外公被送到了一家设有急救中心的综合医院。绘里香说她到医院时，景子姨妈一个人孤零零地坐在手术室门前的椅子上，显得非常不安。

景子姨妈看到绘里香，似乎松了一口气，边等着手术结束，边跟她解释发生了什么，当时她的语气已经平静下来，和电话里截然不同。

景子姨妈到浦贺的家里时，看到的是按住心口连连呻吟的外公。

她问外公是胸口痛吗，外公却一口咬定"没事""很快就会好的"。

外公的样子看起来实在不像是没事，但景子姨妈正要叫救护车时，他发起脾气来："不要叫那东西！"

外公讨厌医院，自然也讨厌救护车。景子姨妈一时有些犹豫，不知该不该不顾外公的坚决反对叫救护车。她的脑海里闪过一个念头：要么叫辆出租车送他去医院。但是，他会乖乖地上车吗？

犹豫不决间，时间毫不留情地流逝着。最终，景子姨妈还是叫了救护车。被急救人员抬上车的外公勃然大怒，大吼着"为什么要叫这种东西"。

绘里香继续用淡淡的语气讲述着事情的经过。她的"报告"很详细，让我也明白了，说服发怒的外公坐上出租车去医院这种事情，谁也做不到，所以不管他生不生气、吼不吼人，叫救护车是对的。

"外公的心脏好像从很早的时候开始就不太好了。今天从早上开始心脏就痛得厉害，但他还说没事……都到了千钧一发的时候了，还在说些莫名其妙的话，这老头也是……"

绘里香很犀利。这一点还是和以前一样。

"健一？"

绘里香把脸转向我。

我急忙闭上了半张着的嘴。

"能跟得上吗？"

大概是因为我这个傻乎乎站着的小孩看起来理解

能力不太好吧，绘里香看着我，像是要确认一下。

我慌忙点了点头，于是她又把视线转回了外公身上，说："心肌梗死。"

外公得的就是这种病。

"你知道这是什么意思吗？"

我沉默着。

绘里香轻轻叹了口气，仿佛是在说：你怎么可能知道啊？

"心肌梗死就是给心脏输送血液的血管堵塞了的病。因为心脏的肌肉所需要的氧气和营养来自血液，血管一堵，血液就流不过去，心脏的肌肉细胞就会死掉。所以，必须通过手术把堵塞的地方打通才行。那么是怎样的手术呢？就是把一根很细的管子从手腕根部插入动脉，一直通到心脏的动脉，在堵塞的地方用类似气球的东西把血管撑开，或者放入金属圆管来疏通血管……"

刚才还滔滔不绝地说着话的绘里香突然停了下来。嘴唇像被胶水粘住了一样紧闭着。

我只能等着。不知道等了多久，像是粘在一起的嘴唇终于被剥开了一般，默不作声的绘里香终于开口了。

"医生说他的心脏有一半已经变得像豆腐渣一样了，责怪妈妈为什么不早点带他来看。心肌梗死这种病就是要和时间赛跑。"

她的声音里有一丝悲伤和些许愤怒。

"他的心脏已经疼了有一段时间了，如果早些动手术的话，就不至于像现在这么严重。"

我依然像个傻瓜一样呆呆的，脑子里一片空白，完全没法思考。

"不过，都到这份上了，外公还是老样子。"绘里香的嘴角歪了歪，可能是想笑，"手术过程中，好像还在抱怨医生呢，这个人……"

手术过程中？抱怨？面对一脸茫然的我，绘里香解释说动脉里没有神经，即使做手术也不会感到痛，只需要局部麻醉，所以病人意识清楚，通过显示器就能看到自己的手术过程。

"医生也说，到了这样的年纪还能受得住这手术，说明体力还不错。话说回来，这可是不立刻做手术就会有生命危险的病啊，可这个人居然没有死。这不是很厉害吗？"

是啊。外公还活着。我的大脑终于开始运转了。

"那个……谢谢。"

我动了动嘴唇。

"谢什么？"

"唔……幸好……有绘里香在。"

绘里香把视线从外公身上移开，说："你干吗要对我说谢谢啊？"

就在这时，妈妈她们推开重症监护室的门走了进来。

大家都绷着脸。

我很想知道医生说了些什么，可妈妈她们却凑在一起开始小声密谈，仿佛我和绘里香都不在场一样。

妈妈她们谈的内容好像是在外公住院期间，谁在什么时候来医院，小白要怎么照顾之类的事情，但是迟迟定不下来。眼看两个有工作的妹妹要把工作日的轮班都推给自己，景子姨妈提高了嗓门说她要接送舞香上补习班，而且不可能每周五天都从东京往返，随即对目前为止只有盂兰盆节和新年才回老家且一脸事不关己的小妹提出了"不如直子搬到浦贺住吧"这样蛮不讲理的要求。

"啊?"

直子阿姨完全没有预料到这样的攻势,转头看向了景子姨妈。

"你单身没什么家累,工作不也变自由了吗?"

"大姐,你知道自由职业者是怎么一回事吗?"直子阿姨强压着激动,"你肯定不懂,所以才会突然张口就说让我搬家这种话。"

"不是搬家,只是在老爸住院期间住在那个家里,这样可以吗?"妈妈帮着景子姨妈说话,"之后的事情大家再商量好了。"

"一条狗而已,随便找个地方寄养一下不就行了!"面对联起手来的两个姐姐,直子阿姨不由得大喊,自己都被自己的声音吓了一跳。

热

柠

檬

外公手术后的第一个周六，我和妈妈一起去了医院，发现他已经被转到了普通病房。

床位用帘子隔开，外公躺在靠窗的病床上，脸颊消瘦，看起来十分憔悴。床边立着输液架，一根管子连接着输液袋和外公的手臂——整条手臂变成了黑红色，肿得鼓鼓的。

外公似乎并没有睡着，听到有人来就微微睁开了眼睛，发现是我后，他动了动嘴唇，做出"噢"的嘴型。

"你还好吗？"

"听不见。"外公皱起了眉头，有气无力地说。

"还——好——吗——"

我提高了音量。

"不太好啊,"外公吐出了这样一句话,"你看看,我这手都变得跟手套一样了。"

说是"手套"并不夸张。

"疼不疼?"

"啊?"

"疼吗?"

我凑近外公的耳边大声说,他却回应说:"好冷。"

外公本来就瘦,现在更是瘦得皮包骨头,似乎不管盖多少条毯子都不能让他觉得暖和。

妈妈从架子上拿来备用的毛毯给他盖上,这回他大叫道:"重死了!"

外公真的耳背了。每次他反问"啊?"时,我就不得不提高音量,导致妈妈很紧张,生怕影响病房里的其他病人。

护士来量体温。外公对护士也说"冷得受不了",还硬说地下的检查室尤其冷,让她们弄得暖和些。因为检查室里放着各种各样的机器,所以暖气不能开得太猛,护士向妈妈解释。

就在外公大声叫嚷的时候,绘里香抱着装有换洗衣物和毛巾的包袱走了进来。

自从上次见面以来，绘里香每天都会来医院。当妈妈她们为来医院轮班和照顾小白的事情发生争执的时候，她强行插嘴说"直子阿姨一个人太辛苦了，小白就交给我照顾吧"，就这样待在了浦贺的家里。

外公几乎是条件反射式地大吼"太晚了"，但当他发现来的不是直子阿姨而是绘里香时，气势突然就弱了下去。

"你要是想问直子阿姨的话，她今天来不了，说是要跟客户碰面。"

绘里香凑到外公耳边说。

外公一脸尴尬。看来，即便是他这样的人，在外孙面前也多少会有些收敛。

"这是常有的事，"绘里香的表情没有任何变化，只是动了动嘴唇，对妈妈说，"很多事情都不能按照他的心意来，大概很不爽吧，所以把这种郁愤都发泄在女儿们身上了。"

面对这种过于直接的说法，妈妈也只能苦笑，而我则心想幸好外公耳背。

大约是大声叫嚷了一通，心里畅快些了吧，外公嘟囔了一句"累了"，就又闭上了眼睛。

"这回也给绘里香添麻烦了。"

妈妈的脸上挂着不自然的笑容，让我想起了她和阿姨们为了轮班而争执不下的情景。

"没什么。"绘里香的嘴角上扬，挤出一个有些讽刺的微笑，"反正我也很闲。"

绘里香身上有一种谜一样的气势。对此，妈妈也有些招架不住，把到嘴边的话咽了回去。

尴尬的气氛弥漫开来。

"你们俩去休息一下吧，喝点饮料什么的。"

像是为了打破这种尴尬的气氛，妈妈从包里拿出了钱包。

我们在地下的商店买了"热柠檬"饮料、奶茶和一些零食后走进了一间挂着"谈话室"牌子的屋子。周六的普通病房里挤满了来探病的人，谈话室里却空无一人。绘里香"咚"的一声坐在了在候诊室这类地方常见的那种人造革长椅的正中间，我则坐在了最边上，和她隔了一段距离。

"外公家没有这些，好久没吃了……"

绘里香打开了零食的包装袋，看起来挺开心。

看着咔嚓咔嚓大口嚼着薯片的绘里香，我好像明白了她变胖的原因。

"学校那边不要紧吗？"

我真是哪壶不开提哪壶。

"反正我本来也没在上学。"

绘里香很干脆地说，就像关掉了某个开关。

绘里香关掉了哪个开关呢？我一边玩着盖子都没打开的热柠檬的瓶身，一边思考着。

"比起学校那种地方，这里有趣多了。"

外公都这样了，这种时候说"有趣"不太合适吧，我这样想着，但没有说话，或者说，什么也说不出来。那时的绘里香有一种不管我说什么都会被她驳倒的气势。

也许是读懂了我的心思，绘里香一口气喝完了奶茶，补充道："'有趣'也有令人感兴趣、有收获的意思啦。"

这个解释相当潦草。

我一头雾水，继续摆弄着热柠檬的瓶身，做出解释的这位大概也发现了自己说得很潦草吧，于是补充说明道：

"一大早，小白就吵着要我带它去散步，起得早了，到了晚上就会犯困早睡，很健康。"

说起来，绘里香好像是比上次见面的时候瘦了一些。

"直子阿姨工作很忙，根本不会管我。"

"阿姨的工作是什么？"

要是太过沉默了，估计又会被她吐槽"能跟得上吗"之类的，所以我姑且试着问了个不痛不痒的问题。

"婚礼策划。"

"婚礼……册画？"

"为别人的婚礼做策划，先了解客户的要求，包括想要举办什么样的婚礼啦，预算啦，特别的要求啦之类的，然后安排供应商，订场地之类的。就是这样的工作。"

从没参加过婚礼（妈妈结婚比较晚，所以在我出生之前，像样的亲戚朋友基本上都已经结完婚了吧）的我别说"婚礼册画"了，连婚礼是什么样子都不知道。

"菜式啦，礼服啦，场地的布置啦，都要和客户多次碰面商量，还要经常应对客户提出的无理要求，婚礼又总是集中在周末，所以周末也没法休息。阿姨是自由职业者，每一次的评价都会影响到下一次工作，所以她看起来压力非常大。工作真是不容易啊。"

可不只有"婚礼册画"是这样，我想。工作不容易这一点，看看妈妈就知道了。

"我之前一直觉得自由职业好，可以随自己的心意来，但现在明白了自由的代价是很大的。"

绘里香说的都是些人尽皆知的事情。

"我啊……"向来能言善辩的绘里香这会儿却变得吞吞吐吐起来，"升学考失败后，总觉得很多事情都很不顺利。我以前高估了自己，总觉得自己聪明，结果被挫折打垮了，或者说，感觉一下子跌到了谷底。"

平时总能一针见血的绘里香，现在说话却有些拖泥带水的感觉。

"最终，我上了家附近的公立初中，但同学们的眼神总是带着恶意。妈妈也毫不掩饰她的失望。什么嘛，难道是我的错？我试着怪她，毕竟是她让我去报考的，不过说到底，被妈妈牵着鼻子走的还是我自己。自己任人摆布，事后还把责任推给对方。如果一直这样没完没了地下去，那不就像地狱一样吗？"

拖泥带水的话还在继续。看来即便聪慧如表姐，说起自己的事情来也会变得没有条理。

"我想打破这种地狱一样的循环。而我能想到的唯一办法就是离开家。"

很常见，我心想。只要出了家门就能自由，连普通的小学生也能想到。

"正好就在这个时候，妈妈她们争执起谁来照顾小白来。机会来了，我想。只不过有一个问题：小孩一个人在浦贺家里生活的话，马上就会被邻居举报的。当小孩就是有这点不好。所以当我妈对直子阿姨提出搬到浦贺住那种过分的要求时，我不禁想，太好了！甚至竖起了大拇指。"

"机会""太好了"之类的话都有点不合适吧，我这样想着，却什么也没有说。

一方面是因为我觉得无论我说什么都会被她反驳回来，另一方面是我这个小学生也大概能明白聪明的表姐特意选择了我来听她唠叨的原因（顺带一提，那时候的我，应该是被绘里香归到"傻瓜"那一类里的）。

"也就是说，我为了离开家，利用了直子阿姨。"

绘里香那无所畏惧、直言不讳的样子变了，变得有些怪，像是在生气又像是在苦恼。

"和不会干涉我的直子阿姨做室友简直太棒了，于是我也想做她的好室友。家务嘛，做一人份和两人份并没有什么区别。结果阿姨居然说，一大早就能吃到刚煮好的米饭和用料十足的味噌汤，简直跟做梦一样，她的眼睛都湿了。这样反倒弄得我不好意思了。"

绘里香的脸颊微微泛红。

"那些都是顺便做的而已，不用那么夸张。她这样太奇怪了，怪到我都觉得好笑。"绘里香这样说着，却没有笑，对脸红的自己有些不知所措。

而我笑了。那是我第一次感觉到一直以来高高在上的表姐和我平起平坐了。但是，我这个傻小子的憨笑是逃不过绘里香的眼睛的。她的表情一下子冷了下来。

"不光是直子阿姨，我也利用了外公。所以，我单纯觉得每天去医院探望是我的义务，也可以说是工作。我是这么打算的。不过，最近觉得这份工作变得有趣起来。"

绘里香扬起了嘴角。

那是一如往常的略带讽刺的笑容。熟悉的绘里香驾到。

"最近，我经常想到外公。有时候外公在我的脑子里甚至占到了百分之百。"

"毕竟浦贺的家里到处都是外公的气息嘛。"

这是我这个傻小子搜肠刮肚、好不容易想出来的机灵话——至少我是这么觉得的。可是帘子般的刘海后的眼睛却瞪向了我。

"这种老掉牙的话还是算了吧，我又不是多愁善感的人。"

即使隔着"帘子"，我也知道绘里香的眼睛里亮起了光。

"妈妈脑子里在想什么，爸爸脑子里在想什么，我都知道。妈妈想要的是'把孩子送进了难进的私立学校'这个名声，爸爸对家里的事情视而不见，是因为怕麻烦。"

绘里香是一个观察者。观察者总能一针见血。

"但是，我不知道外公的脑子里是什么样的——那个人，是怎么想的。明明心脏很痛，为什么要忍着？是过去的人的习惯吗？过去的人，都这样能忍吗？还是说，那样才算活得自由自在？"

这问我也没用啊。

"忍着也没有什么好处啊。一般人都会觉得很危险吧。他等于自己缩短了自己的寿命。医生好像说外公这样下去大概只有半年能活了。"

绘里香突然向毫无防备的我投下了一枚炸弹。

原来那天，妈妈她们听完医生的话，回来都绷着脸的真正原因是这个。

只有半年。

我的心跳加快了。

"我不知道外公在想什么，所以我对他很感兴趣……"

只有半年。

我满脑子都是"只有半年"，再也听不进绘里香的声音了。

纳

豆

绘里香开始每天给我发邮件 [1]。那天，在谈话室里，我们交换了邮件地址（那会儿应该还没有"连我 [2]"这类东西）。

邮件的内容几乎都是对外公的观察记录。因此，我比妈妈还了解住院中的外公的情况。

"外公又骂医生了。"

就连护士和给他做手术的医生（也就是救命恩人），外公也骂。不管是谁，外公见人就吼，妈妈她们

———

[1]　指手机邮件，跟短信差不多。在日本，不同运营商的手机号之间通常不能互发短信，而手机邮件通过网络发送，不受这一限制，所以更常用一些。
[2]　LINE，一款即时通讯软件。

只得一个劲地向医生和护士们道歉。

"外公的自言自语：'唉，见鬼了！为什么变成了这样？'"

外公似乎因为动弹不得而焦躁不已。

"为什么？这不都是他自找的吗？"

邮件里不时有辛辣的评论。

"我觉得外公是在担心小白和他的田。"

我想，为了挽回外公的形象，我必须得说点什么。

"小白不是有我在照顾嘛。"

"你跟外公说了吗？"

"说了，不过他一脸嫌弃的表情，是因为讨厌由我来做吗？"

"我觉得他不是针对你，而是谁做都讨厌。"

"什么意思？"

"感觉他什么事都得自己做才觉得舒心。"

"搞什么！"

"他就是这样的人。"

我完全没挽回外公的形象。

外公无论如何都对医院不满意，无论如何就是想回家。

别说绘里香了，其实我也不明白：外公连胸口的剧烈疼痛都能忍受，为什么就不能忍受住院这件事情？

这样的外公，唯一老老实实听医生的话去做的，就是康复训练。

绘里香发来邮件说，那条肿得像手套一样的手臂消肿了，外公可以从床上坐起来了。医生说："小腿被称为第二心脏，就像泵一样，起着把下半身的血液送回心脏的作用。您可以在关注心电图和血压状态的同时，在适度的范围内，一点点地开始练习走路。"于是外公立即开始了走路训练。

"他自己走着去上了厕所，一脸骄傲。"

"因为外公喜欢走路。"

"难道不是因为讨厌轮椅吗？"

"为什么？轮椅不是更轻松吗？"

"自尊心啦，自尊心！"

周末，我去医院探病，结果病床是空的。

外公左手抓着挂输液袋的支架，右手扶着墙边的扶手，在医院走廊里慢慢地走着。于是我也和他并肩慢慢地走。走廊尽头有一扇大大的封死的窗户，透过它可以看到医院的花坛、树木、停车场，还有道路、房屋的屋顶和高楼大厦。花坛里，黄白相间的水仙花开了。木兰花看上去就像挂在枝头的白手帕。外公刚住院时还含苞待放的梅花现在已经谢了。

已经是春天了。

"差不多是该给土豆间苗的时候了。"外公小声说。

我装作没听见，因为觉得外公已经不可能干得动农活了。但是，外公继续说道，并且这次说得很清楚："得快点回去，把菠菜和小松菜的种子也撒了。"

外公充满了活下去的干劲。

"只有半年"是骗人的。我在心里默默说。

外公出院了，比预定时间还早。

"难道你不希望外公早点出院吗？"绘里香说。我也不由得赞同，毕竟他实在让医生和护士们很头疼。

接外公出院的是直子阿姨和绘里香。那天正好放春假，于是我也去了医院。

外公的表情很愉快。大概是因为能回家了所以相当高兴吧，平时无论医生说什么都要找茬的外公，今天在医生嘱咐出院后的注意事项——改善饮食，定期到医院做康复训练，每天必须吃抗凝血的药防止血管堵塞，等等——时，却老老实实地（装作）听着。

"说不定，他是想被赶出医院，才故意装成一个讨人嫌的病人的。"

绘里香在我耳边低声说。

我也觉得有可能。因为出院那天，外公一脸窃喜，仿佛在说："上当了吧。"

医生嘱咐完之后，医院的营养师还要对出院后的饮食进行指导。一心只想早点回家的外公，渐渐有些烦躁了。

"饮，食，要，少，盐，哦。糖，分，也，不，能，摄，入，过，多，哦。"为了能让耳背的老人也听得清楚，年轻漂亮的营养师一字一顿地大声叮嘱着。我开始有些坐立不安，一种不祥的预感隐约浮现。因为外公最讨厌被人指手画脚了。

"油腻的东西会使血液变得黏稠，所以要少吃。要多吃蔬菜、鱼和海藻。纳豆也不错。您喜欢吃纳豆吗？"

营养师就像在跟幼儿园小朋友讲话似的问道，外公没有回答，不知有没有听见。代他回答的是直子阿姨。

"喜欢吃的，但是会加很多酱油。"

打什么小报告啊！我急了。

"哎呀——"营养师的嘴角露出了为难的微笑，"老爷爷，酱油可不能加太多哦。"

那一瞬间，外公的忍耐到了极限。

"不加酱油的纳豆能吃吗？！"他开炮般地喝道。

我的预感应验了。直子阿姨脸色发青，绘里香扑哧一声笑了出来，而营养师已是眼泪汪汪。

在回家的出租车里，大家都沉默不语。

一向开朗的直子阿姨也没有说话。她或许是在想，住院后变得越来越难相处的外公现在回家了，尽管她们姐妹也商量过今后的事，但如果拖拖拉拉的，让她就这样跟外公住在一起，那可就糟了。

绘里香愁眉不展是因为她不得不回到那套高层公寓去了。

绘里香不想回东京的家，甚至想转学到浦贺的中学去，但遭到了景子姨妈的反对："你说什么傻话。你知道在浦贺生活意味着什么吗？你照顾得了外公吗？和外公一起生活可没有你们小孩子想的那么简单！"

就这样，绘里香的"限时自由"结束了。

正如景子姨妈所说，照顾外公并不是件简单的事情。好不容易回到了家的外公，第二天却不得不再一次来到了那家医院。

外公高估了自己。明明住院期间，体力和运动能力都下降了，但他还是像往常一样在家里来回走动，结果就摔倒了，额头磕到了桌角，又因为在服用抗凝血的药，所以出血后止都止不住。

由于没有叫救护车（其实是他不让叫），只能去普通门诊，在检查之前必须等很长时间，这就已经让外公累坏了。在此之后，还得再做一遍和住院时一样的检查，于是外公怒了，最终大叫："我再也不来这地方了！"

只要他说出口的话，别人说什么都无济于事。当然，他在医院的康复训练课程也就永久取消了。

女儿们唯一能做的，就是请医生帮忙安排一下，让她们在其他医院也能配到那种抗凝血的药。

富士山

上次摔倒磕破了额头后，外公吸取教训，开始在家里练习走路，正式做起了自力更生的康复训练。

经过一番商量后，妈妈她们决定轮流住在老家照顾外公。

景子姨妈负责周日下午到周二早上，以及周三晚上到周四。直子阿姨负责周二到周三，妈妈则在周五下班后从公司直接来浦贺，住到周日再和景子姨妈交接。因此，我周末也住浦贺。

妈妈她们最担心的是越来越固执的外公会胡来。

外公出院已经一个月了。

妈妈让我周五放学后直接去浦贺，大概是不放心景子姨妈回东京后外公一个人待着吧。

我到浦贺家里时已经过了四点半。外公不在。小白也不在。我以为他是去散步了，因为当时外公已经恢复到可以在家附近散步的程度了。

那时，"吃点心"是我的头等大事。尽管听起来像在找借口，但小学四年级的男生假如从中饭后直到四点半都没再吃什么东西的话，肚子就会饿得咕咕叫。无论如何，必须把饱腹值从负数拉回正数才行。

像往常一样，我先拿起遥控器打开了客厅的电视，然后从冰箱里拿出牛奶，又从碗柜里取出盘子和杯子。

那时候，只要是去外公家的日子，妈妈就会多给我一些买点心的钱，所以我总是会顺道去浦贺的面包店买面包。

这家店最受欢迎的是用柔软的法式面包做的夹着炸鱼、炸肉饼或炸鸡排之类的三明治。我最喜欢吃巨无霸牛肉饼三明治。外公喜欢烙着"叶"字（烙这个印记是因为浦贺的叶神社）的豆沙面包。

盘子里只剩下孤零零的豆沙面包了。我也终于开始担心起来，外公怎么这么晚还没回来？他明明知道周五是吃豆沙面包的日子。

天色渐渐暗了下来。电视画面的一角显示时间是五点二十分。忐忑不安的我打开了玄关处被外公当作储藏室用的壁橱，发现本该放在里面的工作服不见了，于是我又慌忙把视线转向门口的三合土①——长筒靴也不见了。

我抓起手机就冲了出去，一边往后山方向跑，一边拨通了妈妈的电话。她可能正在忙，过了很长时间电话才接通。

"外公可能到田里去了。"

我能感到妈妈倒吸了一口凉气。

"你赶紧去田里！"

妈妈在手机那头大吼。

"已经在路上了！"

我也大叫着回答。

这会儿哪是悠哉悠哉吃点心的时候？不，在吃点心之前，我怎么就没注意到门口的长筒靴不见了呢？

①　一种建筑材料，由泥土、沙砾、熟石灰三种材料加水混合，因而得名，又名三和土，涂敷后便会凝固变硬。日本传统房屋的玄关、厨房和浴室等常用它来制作地面。

我痛恨自己的粗心大意。原来，外公那么认真地做康复训练是为了到田里去。

太阳渐渐落下，山影从苍翠变为黑暗，看起来就像展开了斗篷的死神。"死亡"对我来说原本只是一个词语而已，如今却似乎就在眼前。我吓得魂飞魄散。所以，当一个牵着白狗的人影出现在暮色中的住宅区坡道上时，一点都没夸张，我顿时身体一软，瘫在了地上。

外公奇怪地俯视着瘫在地上的我，似乎没有意识到自己都做了些什么。

"我本来想早点回去的，"外公的嘴角挂着些许尴尬的笑，"可是太久没去了，没想到居然花了这么多时间。"

不是因为这个！我在心中呐喊。不是因为回家晚。为什么不说一声就去了呢？你这样的身体为什么要一个人去田里呢？

可是看到外公那一脸神清气爽的表情，我把话咽了回去。

这时，紧握在手里的手机震动了。

"外公呢？"紧张的声音后面传来通知电车发车的广播声。看来妈妈已经在横滨站的站台上了。

当我告诉她外公平安回来了的时候，她的呼吸声震动了我的耳膜，那一声长叹，仿佛从她的身体深处发出。

"没事啦，外公挺好的，看起来甚至有些神清气爽呢。"

我尽量用轻快的声音帮外公补救，可电话那头只是沉默。

我知道妈妈生气了。

今晚注定有一场暴风雨。我也轻轻叹了口气。

晚上，景子姨妈和直子阿姨也赶到了浦贺。

景子姨妈的表情比平时更吓人。她一定很生外公的气吧，趁着自己离开，伺机溜去田里。

直子阿姨的表情和平时一样，只是说话的语气有些微妙得可怕。

外公也很生气，家里人为了这点小事就大惊小怪，但我觉得这回即便是他，恐怕也很难继续一意孤行了。

不仅仅是去田里的事。对于女儿们"泡热水澡对你的身体不好""医生也说了不能吃辣的东西吧"这类出于担心的忠告，外公都会大发雷霆，妈妈她们的耐心边界似乎随时都会被打破。

然而，不论是妈妈、景子姨妈，还是直子阿姨，都没有要外公放弃他的"田"的意思。问题在于：田在山上。

对于半颗心脏的肌肉已经像豆腐渣一样的老人来说，爬陡峭的山路是很大的负担。若下次再发作，就肯定救不回来了。妈妈她们提出，如果想干农活，在院子里种菜不就行了吗？这是个很正当的提议，但她们也知道外公是不可能听别人的话的。

接下来，就看双方在哪里妥协了。

妈妈她们要求，如果非要去山里那块田不可，那就只有在她们能跟着的时候才能去。外公露出极为厌恶的表情。我也不太喜欢她们跟着去。

最终，妈妈她们提出了以下三个条件。

雨天、雪天、大风天、盛夏、隆冬、台风天……总之天气不好的时候就不要去田里；去田里的时候，一定要带上突发胸痛时吃的那种药；万一有事情就用手机联系。

外公很不情愿地接受了这些条件，大概是觉得这样总比一去田里她们就吵吵嚷嚷要强吧。

让外公带着他最讨厌的手机（妈妈她们凑钱买的），这对他来说无疑是一种屈辱的让步。

被宣告"只有半年"的外公，还算精神饱满地迎来了新年。

新年的第一天，（除了我爸）所有家庭成员都聚在浦贺，表姐们也来了。

绘里香穿着卡其色连帽粗呢大衣和牛仔裤，瘦了很多，但帘子似的刘海还是老样子。

舞香穿着一件粉色连帽羽绒服，帽檐上镶着一圈蓬松的人造毛，明明快要升学考了，她却淡定地说："我又不是像姐姐那样要考分数线超高的学校。"舞香好像是根据校服的可爱程度来选择要报考的中学的。

我似乎有些明白了之前收到的邮件（那时我和绘里香还在互发邮件）里说"我妹很有主意"的意思。

景子姨妈当然满心希望妹妹再次挑战姐姐落榜的那所私立中学（或者说这样做是为了雪耻），但她最终放弃了。舞香对周围的人说这是"多亏了姐姐的那些'光荣事迹'"。

绘里香现在偶尔（也许是一时心血来潮）会来浦贺，看看外公和小白。

外公比住院前更容易发火了。心脏成了废品（这是他自己说的）这事就已经够让他生气了，还要被女儿们监视有没有好好吃药，被唠叨"煎饼太咸了""拉面对身体不好"之类的。这也不行那也不行，他简直烦透了。

小白叫了起来，催促着去田里的时间到了。

最先对它的声音做出反应的是绘里香。她一走到院子里，小白就呜呜地撒起娇来。它跟绘里香很亲近。

"嗨哟！"伴随着沙哑的声音，外公站了起来。

妈妈向我使了个眼色，是让我跟着去的意思。

妈妈她们担心地跟到了门口。妈妈和直子阿姨并没有阻止正要出门的外公，但景子姨妈不小心说了一句：“新年还去什么田里啊。”

“烦死了！”

外公怒吼道，然后迈着与气势汹汹的吼声截然相反的虚弱步子，沿着住宅区的道路摇摇晃晃地向山上走去。

“那背影……”我听见妈妈低声说，“就好像在说：‘别管我，这是我的人生。’”

我提着装有厨余垃圾的水桶，绘里香牵着小白的绳子。仿佛是为了配合外公缓慢爬坡的步伐，时间也慢吞吞地流逝着。

谁都没有出声。只有去田里的时候才会跟我说很多话的外公，现在明显变得沉默寡言了。可能他的全部精神都集中在呼吸上，根本没工夫说话吧，也可能是因为听力已经相当不好，所以懒得说话了（尽管如此，他还是坚决不戴助听器）。

我也就默默地跟在外公身后。

绘里香总是落到后面，因为小白老是这里停一下那里停一下。小白也是个“老爷爷”了，走起路来有些蹒跚。

"你是不是瘦了？"

我一不小心把脑子里正在想的事情原封不动地说了出来，说完才意识到这话有多不合适，一时脸色大变。

我紧张得哆嗦，绘里香却只是一脸认真地回道："真怕反弹。"

那时绘里香十四岁，我十岁。虽然四岁的年龄差无法改变，但绘里香已经不再像以前那样把我当小孩子对待了（但这并不是说我们的关系变好了）。

从山顶茶馆可以看到雪白的富士山。外公哈了一口气，在树桩上坐了下来。"能在新年看见富士山真是个好兆头啊。"我在外公耳边大声说，（我感觉）他的嘴角露出了一丝微笑。

外公休息的时候，小白慢悠悠地在附近的草丛里东嗅嗅西闻闻。"天气好的日子，外公就会到田里去，于是到了晴天，妈妈的压力指数就会飙升，还会牵连到我们。"绘里香像是在念观察数据一样说着话。好久没听到这种干巴巴的说话方式了，我甚至觉得有些亲切。

"像外公这种类型的人，你越是跟他说不要去，他就越是要去，哪怕只是赌气，所以还不如不说呢。"

趁着外公耳背听不见，绘里香就这样直接把心里的想法说了出来。

"唉，不过她们跟外公唠叨也不是不能理解。"

大概是嗅够了，小白在草丛里蹲坐了下来。绘里香配合小白的高度弯下腰，抚摸着它的头。小白眯起了眼睛，看起来很享受。

"那个人好像觉得外公的半颗心脏变得像豆腐渣一样是她的责任，医生的那句'为什么不早点带他来看'一直扎在她心里，拔不掉。"

绘里香叫景子姨妈"那个人"。她也曾经这样称呼过外公，总觉得有些冷淡疏远。

"她不想再经历第二次了，所以不知不觉就唠叨起来，结果更让外公厌烦……"

"你知道外公脑子里在想什么了吗？"绘里香的话还没说完，我硬是插嘴道。

被打断的绘里香抬起头看向了我，脸上的表情仿佛在说干吗突然插话。

"你以前不是说过嘛，因为不知道外公脑子里在想什么，所以觉得很有趣。"

结果我也一样，利用了外公耳背这件事。

绘里香站了起来。原本正被唰唰抚摸着后颈、一脸陶醉的小白，意犹未尽地哼了一声。透过"帘子"望着我的绘里香慢慢摇了摇头。

"外公不会对我敞开心扉的。我要是跟着他去田里，他就会不自在……"

绘里香轻轻耸了耸肩。

我差点脱口而出：不自在可能是因为感觉自己在被人观察吧。但我没有多嘴。

我想外公大概也知道我和绘里香正在议论他。但是，他什么都没说。

当时的外公只是一直凝望着富士山，一脸严肃地面对着这座独一无二的山。

现在想来，我们的闲谈对外公来说根本没有价值，连风声都不如。他的耳朵在听的应该是别的声音吧。

"嗨哟！"

外公从树桩上站起身，继续摇摇晃晃地走山路。

"今天的外公看起来很放松。大概因为有小健在吧。"

既然作为观察者的绘里香有这种感觉，那就当是这么回事吧。

"因为小健是外公中意的外孙。"

尽管不喜欢这说法，但我没有说话。

"我要是不能来这里了，外公就拜托你了。"

我并不惊讶。那阵子，她时常会发来"学校最好距离远些""去听了留学讲座"之类的邮件。

我知道，到浦贺生活的想法被驳回后，绘里香就决定不去学校了，但她还是有想学的东西，所以是打算上高中的，于是她开始读各种各样的书，还上网收集信息，自己找适合自己的学校。

"唉，不过就算我不来了，也没什么大不了的。"

"帘子"后的视线投向了外公瘦小的背影。

"小白一定会觉得寂寞的。"

绘里香回过头来看向我。她的表情被"帘子"遮住了，我看不清。

尽管绘里香说不知道外公在想什么，但我觉得他们俩很像。

我上五年级的时候，绘里香决定去美国留学。听说景子姨妈起初是反对的，但绘里香的一句"不答应的话我就马上出去工作"让她闭了嘴。

小白

升上五年级后，我开始和佐藤兄弟上同一个补习班。那是一个会布置很多作业（这一点很受家长欢迎）的补习班。因为还在继续练橄榄球，所以我周末要在橄榄球学校和浦贺之间两头跑。尽管很忙，我还是会尽可能陪外公一起去田里，毕竟绘里香之前也说过外公就拜托我了的话。

白天，外公大多数时候都倚在客厅的无腿座椅上，开着电视迷迷糊糊地打盹儿。这时要是和他说话，他会直起上半身，像是吓了一跳。

因为尿频，他夜里得醒好几次，所以白天总是很困。

妈妈她们让他用成人纸尿裤，这样晚上就能安心睡觉了，他一听就立马拉下脸来。"自尊心啦！"我脑海中响起了绘里香的声音。

比起坐在椅子上打盹儿，躺在被窝里明明会更舒适，但白天他是绝对不会躺倒的。

为什么要这么坚持呢？我觉得很不可思议，也许外公是害怕舒适吧，害怕要是白天也昏昏沉沉地躺在被窝里，可能就会从此卧床不起了吧。

外公越来越不爱说话了。

尽管如此，到了周五傍晚的点心时间，他还是会一边吃着豆沙面包，一边问我："橄榄球打得怎么样了？"

"我是五六年级队的边锋。""每个月都有一场比赛。""上次比赛我达阵了。""下一场比赛的对手是镰仓的队伍哦。"我在外公耳边大声说着。

外公总是只说"橄榄球打得怎么样了"这一句。也许是想不出其他的问题，也许是嫌问太多麻烦，总之他每周都问同样的问题，而我也总是回答同样的内容。哪怕是想要恭维，都很难说我们聊得很起劲，但是对于我一成不变的说明，外公总是会热情地点点头，说着"是吗是吗"。

尽管外公一直迷迷糊糊的，但一到去田里的时间，他的眼睛就会变得炯炯有神。虽然已经不能像以前那样卖力地干农活了，但只要不下雨，他还是会和小白一起去田里（手术前，他一天去田里两趟，而那时候已经变成一天一趟），向旁边田里的老爷爷挥手打招呼，然后深吸几口山里香甜的空气。

外公说山里的空气对身体好，到了这里呼吸就变得轻松了，我天真地相信了。

然而，那时候的外公，无论在山路上还是在田里，都不再讲"小时候"的故事了。

大概是做不到了吧，毕竟说话也会消耗氧气的。当时的我不知道外公的心脏状况，光是爬上山他就已经精疲力竭了。

过完年，横须贺下雪的一天，外公让小白进了屋。

从还是幼犬的时候起，无论下雨还是下雪，小白都一直住在院中的狗窝里。现在突然被带到玄关的它，在三合土上像没头苍蝇般转着圈，仿佛在说："这里没有我待的地方啊。"

一遇到穿着衣服的狗，外公就会看不下去似的嘟囔："都已经披着毛皮了，干吗还给它穿那种东西？"他的字典里没有"宠物"二字。

大概在外公这样的老人看来，狗就等于家畜吧——家畜是不能养在屋子里的。

不过，说是家畜，小白和外公的关系却实在很亲近。

它不会像女儿们那样唠叨，外公走到哪里，它就默默地跟到哪里。小白是外公忠实的跟班。

而它也老了。身上的毛纠结缠绕，就像用旧了的拖把。肚子上的毛都掉光了，露出粉红色的皮肤。再怎么偏爱，也不得不说它很难看。最重要的是，它的腿脚也越来越弱了。

下雪天对老狗来说可够呛的。

那天晚上，我们在玄关的三合土上铺了块毛毯，小白就睡在了上面。

第二天，小白也待在玄关。

尽管妈妈她们抱怨玄关有一股狗臭味（外公没有

"每周给狗洗一次澡"这样的概念），但从那个下雪天起，小白就在玄关住了下来。

自从玄关成了自己的窝后，小白就开始不遗余力驱赶访客。它总能在门铃响之前就早早察觉到有人靠近，并猛烈地吠叫起来：不是简单的"汪汪"，而是"嗷汪嗷汪"。送传阅板报来的邻居大婶也好，送快递来的小哥也好，一步都别想走进玄关。

"嗷汪嗷汪！嗷汪嗷汪！"小白一叫，正在打盹儿的外公就会被吵醒，大吼："吵死了！"每回都是如此。那吼声倒是很有外公的风范，只要他还能发出这样的吼声就还没事，我心想。

有时候，小白会坐在打着盹儿的外公身边，像随从一样挺直腰板，紧挨着它的主人。直到被妈妈她们呵斥"你不能进来啊"，它才慢吞吞地站起身，耷拉着脑袋走回玄关去。

"去田里吗？"外公发出了邀请，但我拒绝了，那时正是六年级学生快要离校的时候。

我正急切地期盼着毕业典礼的到来，因为我怕六年级学生。

我们五年级的男生和六年级的男生关系不好。原因无非就是午休时间抢场地之类常见的纠纷。

当时，我们那个小学的六年级男生总是一副跋扈的样子，特别讨厌。大概是因为那个带头的家伙有些像不良少年（大家叫他"小不良"）的缘故吧。那个人的哥哥就是不良少年，仅仅仗着这个，他就嚣张得不得了。甚至有传言说，五年级但凡出挑些的男生都被小不良找过麻烦。

顺便说一句，我上五年级的时候，男生"出挑"的条件是躲避球打得好、足球踢得好、跑得快，在此基础上若是再加上"有趣"这一条，就会成为班里的红人。

现在想起来会觉得好笑，但小学男生的世界就是这样的。

当然，我属于除此以外的大多数：不但性格平平，而且虽说从四年级开始长了个头，但身材也就中等偏矮，还是很瘦。只不过，我发现自己并没有想象中那么不擅长运动，这多亏了橄榄球。橄榄球这项运动包含了传球、带球跑动、踢球，甚至还有身体碰撞等，这其中只要擅长一个方面，就能打得不错。也许是因为有外公的遗传吧，我竟然出乎意料地敏捷。

寒假刚结束不久，我这个本该"属于除此以外的大多数"的人就被小不良盯上了。

午休时，我们先占到了场地，六年级男生们就开始毫无理由地找茬，说要踢场足球赛来决定场地今后的使用权归属。事情的起因就是这么无聊又常见。

我们可没有兴趣，因为预料到了会是怎样的情况。果不其然，六年级那帮家伙一上来就对我们发起了凶猛的进攻，又是绊又是顶，还用身体撞我们，由于没有裁判，就只能任由他们为所欲为。他们的攻势凶猛得让我们失去了斗志。

不可能赢的，我们队的所有人都这么认为。尽管如此，比分却一直停在 0 比 0。一直在进攻的六年级队迟迟进不了球，是因为我们队的门神太厉害了（他在足球俱乐部里也担任守门员）。话说回来，那些六年级的家伙，气焰看起来那么嚣张，足球水平也太差了吧。

尽管现在想起来只觉得好笑，但在当时，我可一点都笑不出来。因为一心只希望午休早点结束的我，居然一脚决定了比赛的胜负，我也不知道怎么会这样。

不知是幸运还是不幸，打橄榄球让我学会了应对身体碰撞。准确地说，我擅长躲避对手的擒抱。若是身材矮小的我遭到身材高大的对手擒抱，无疑会摔得很惨。老实说，那样会很痛，而我讨厌痛。所以，那时候的我一直在思考怎样才能避免被擒抱。于是，我总是仔细观察对方的动作，跨步躲避，并靠速度甩开对方，这才是我的打法。

因此，在那场比赛中，我一次都没有正面受到六年级的粗暴攻击。也就是说，我毫发无伤。

突然，球正好滚到了我脚边，我就把它踢到了对方的防守线后，并跟了上去。躲过了六年级的身体冲撞，"咚"的一脚，球就从守门员的两腿之间飞快地穿了过去。就在这时，午休结束的铃声响了起来。

六年级的家伙们没想到自己居然会输，都愣住了。无论怎么想，本场最佳球员都应该是我们队那位拦下了对手所有射门的守门员。然而，不知是不是因为丢了面子，丧失了正常的判断力，小不良竟把我当成了眼中钉。从那以后，只要在走廊碰到，他就会直勾勾地瞪着我，就是那种怒目而视的感觉。全校集会的时候，他还会故意撞我的肩膀，踩我的脚，甚至还埋伏在我回家的路上（当时班上的朋友提前告诉了我，我改了道，才没有出事）。朋友很担心，说"可能还是去找老师比较好"，但很明显，我要是那样做的话只会惹来更多麻烦，所以我只是回答"午休的足球我暂时不去踢了"。我打算不刺激小不良，想等着他忘记这件事。

小不良是个难缠的家伙，所以放学后，我会尽量和几个朋友一起回家，剩我一个人的时候就飞快地往家跑。我没把这事告诉妈妈。毕竟工作和外公的事就已经够她受的了，我不想让她还要为我担心。

如果遇到这种事的是外公，他一定会带着手下们来场石头大战做个了结的吧。毕竟外公可是逸见山里的小鬼大王。

话说回来，第一次从外公口中听到"小鬼大王"这个词时，我完全不知道那是什么意思。

在外公讲他小时候的故事时，听到"小鬼大王"，

（因为有"将^①"字的关系）我脑海中浮现的是战国时代^②的武将和大名^③的形象。

小鬼大王的命令是不可违抗的。只要小鬼大王说"干"，不管多么荒唐的事，手下的人都必须跟着干。说白了，这就是"暴君"。不过，现在又不是战国时代，暴君是不可能有人追随的。

要是想当小鬼大王，得有这样的觉悟才行：遇到事情，小鬼大王得挺身而出保护手下，但没有人保护自己。这相当孤独，但是很酷。仗着哥哥是不良少年就狐假虎威的家伙怎么可以与外公相提并论……话虽如此，被这种家伙吓得东躲西藏的我也不怎么样……不过，毕竟时代不同了。而且，我也不是外公。

整天躲着小不良小心翼翼地生活，这让我压力很大。我只能在打橄榄球时发泄一下，以及找佐藤兄弟（让他们不要告诉家长）发发牢骚。

---

① 原文中，这个词写作"饿鬼大将"，"将"即"将"。

② 日本的战国时代从1467年的"应仁之乱"开始，到1615年灭亡丰臣家的德川家康建立江户幕府为止。

③ 日本古时对封建领主的称呼，相当于诸侯。

　　佐藤弟弟听了之后很愤怒，就好像这是他自己的事一样，气冲冲地说等他上了中学帮我收拾那些家伙。佐藤弟弟和小不良同龄，我的小学和佐藤弟弟的小学对口同一所中学。

　　当时已经在那所中学上一年级的佐藤哥哥，劝自己这个年少气盛不服输的弟弟："别理那些坏家伙。你啊，比赛的时候，教练不是也说过你嘛，不要只知道横冲直撞，要冷静地观察周围情况。"

　　"可是……我……"

　　我一直都羡慕佐藤弟弟那种刚强的个性，于是有些消极地反驳了佐藤哥哥。

　　"我倒想变得像你弟弟那样强。我太胆小了。"

　　"真正胆小的家伙是不会说自己胆小的，而且，我反倒觉得胆小是一种优点。"佐藤哥哥不知为什么顺着我的话头说了下去，"哎呀，反正那些家伙马上就毕业离校了，再忍一个月就好了。"

　　他说话的时候俨然一副大人的表情。

　　"这算什么嘛！真搞不懂……"

　　热血的佐藤弟弟噘起了嘴，但对我来说，这确实是最现实的应对方法。

　　一月，二月，三月，我如履薄冰地过着，又觉得这样的自己非常丢人，所以有些无法正视外公的脸。这些事情弄得我情绪低落，甚至都有些抑郁了。

　　而且，那个周末非常忙。我周五来浦贺过夜，周六回横滨练习橄榄球，周日还得大老远地跑到相模原的球场去打客场比赛，再加上补习班的作业堆积如山。我有点郁闷，也很累，大概正是因为这样，才没心情陪外公去田里的吧。

　　"这周不行，下次再去。"

　　那时，我以为会有"下次"。

　　医生之前说只有半年，但现在已经两年过去了。于是，我低估了这种病，总觉得外公的心脏还能维持很久。

　　"这样啊。"

　　外公有些失落地点了点头，只带着小白出去了。

　　当时的我并不知道，那竟是我最后一次看到外公和小白沿着坡道向山间田地走去的背影了。

搬
家

外公站不起来了。

景子姨妈打电话来的时候，我们正在吃早饭。

"知道了，这就过去。"

妈妈立刻答道，似乎早已预料到了这一刻的到来。

我升上六年级的时候，外公爬不了坡了。

骨瘦如柴的他唯有腿部浮肿着。大脚趾和膝关节也都肿了。大概是因为一心想要再去一次田里吧，讨厌医院的外公听了女儿们的话去了附近的医院。医生的诊断是痛风。

吃了药，症状也没有好转。即便如此，外公也没有停止走路，总是不顾脚痛，带着小白在房子周围踱来踱去。

那年夏天快结束的时候，外公不再出门了。

妈妈她们说服了不情愿的外公，把他带到了另一家综合医院（并非做心脏手术的那家）就诊。

据说，给外公看病的医生建议他住院检查疼痛的原因，并解释说："比起每天为了做检查在家和医院之间往返，还是住院更轻松些，身体的负担更小些。"尽管如此，外公还是说："我才不住院呢！"结果，景子姨妈只能连续三天从东京开车过来接送他去医院。

后来，这位医生写了介绍信，让外公去别的医院看诊，但这并不是因为外公拒绝在那里打净化血液的点滴，而是因为存在癌症的可能性，有必要去更大的综合医院接受详细的检查。

因为心肌梗死导致血液循环不畅，外公的五脏六腑不止一处出了问题。

要说服外公再到别的医院去做检查，妈妈她们光是想想就觉得快要晕过去了，但是，必须让他答应才行——因为今后可能会转为"家庭护理①"。所以诊断

---

① 指医护人员到病人家里向病人提供治疗和护理。

书是必不可少的。

　　三个女儿齐上阵，这才说服了外公，把他送到了一家大型综合医院。那里的医生也建议住院，但外公当然不会答应。能在门诊接受的治疗有限，医生很为难，但如果病人本人不愿意，医生是无权强制其住院的。

　　那天的检查是看看疑似癌症的肿瘤有没有转移到骨头上。听说检查要花三个多小时，其中有两个小时是等待时间，要从上午等到下午，外公就发火了。他最讨厌等了，而且身体也吃不消。到最后一项检查时，他变得很安静，因为已经累得连发火的力气都没有了。终于做完了，他轻声问"这是最后一项了吗"，随后又说了句"谢谢啊"，也不知是对谁说的。

　　检查结果显示，虽然癌细胞没有转移到骨头上，但肿瘤确实是恶性的，医生说脚痛应该是受了关节炎和肿瘤的影响：这就是我从妈妈那里听到的全部内容了。

　　医生开的止痛药起了作用，脚没那么痛了，外公就说："还不要紧。""还不要紧"是什么意思……我心想。

听说第二次去医院的时候，外公坐上了之前坚决不肯坐的轮椅。大概是真的体力不支了吧，他看起来疲惫不堪，视线也一直低垂着。

每去一次医院，外公的病情就加重一些。去医院太累了。但是，没人能让外公住院。因为病人本人的要求优先于一切。

是时候放弃去医院治疗了。景子姨妈、妈妈和直子阿姨都做好了心理准备。

挂断电话，妈妈的视线在吃了一半的吐司上停留了一会儿，再次抬头的时候，她已经换上了一副严肃的表情。

"我马上要调到横滨营业部去了。"

我知道她在很久之前就开始向公司申请调到神奈川县内的营业部工作。所以我以为她想说的是这样上下班就会变得轻松了之类的。可是，我也在想：为什么？为什么偏偏在这种时候说这件事？

"然后，我想和你商量一下。"

妈妈拿起盛着绿色汁液的玻璃杯。那个时候，她会成箱成箱地买据说对健康有益的蔬菜汁。

"横滨营业部的话，从浦贺出发一个小时以内也能到。"

妈妈盯着杯子里的绿色汁液，那眼神认真得就像看显微镜的科学家似的。

"我们搬到外公家去住可以吗？"

咀嚼动作停止了。我半张着嘴，嘴里还塞着炒蛋和生菜。

大姐在东京，直子的工作又不规律……妈妈含含糊糊地罗列着这些，突然仰头喝了一大口蔬菜汁，"噗哈"一声吐出了一口气。那喝法简直跟大叔一样。

"在和你爸爸离婚之前，我不是经常带着你回浦贺吗？那时候，外公什么也没说，什么也没问。

"我很感激。"

妈妈小声说道。

"换作是你外婆就不可能这样了。如果是你外婆的话，肯定会说'太丢人了''你要学会忍耐''孩子太可怜了'之类的话。"

妈妈哧哧地笑了。

"而且，你外婆她，同样的话会翻来覆去说很多遍。在当时那种情况下，要是再碰上这么一出，那我回娘家不仅不能避难，弄不好精神都得出问题。"

妈妈边笑边说着可怕的话。

"外公虽然很顽固，跟他没法好好说话，但他不会把自己的价值观强加给别人。正因为这样，我才能缓过来。

"你能考虑一下吗？"

妈妈喝光了杯子里剩下的蔬菜汁，开始收拾碗筷。

我吞下炒蛋和生菜，心想这也实在太突然了些。居然就留下一句"你能考虑一下吗"……我可没办法一边考虑这个问题一边若无其事地去上学。

"我今天也请假不去上学了。"

妈妈回过头来，手里还握着洗碗的海绵。

"那，"从海绵上滴落的水打湿了地板，"你快点把早饭吃完。"

尽管是早高峰时间，下行的京滨特快却算不上拥挤，我们在金泽八景站就有座位了。

我坐在双人座靠窗的座位上，眺望着那些在晨光中闪闪发亮的屋顶和镰仓连绵的群山，说："可以。"

坐在靠过道的座位的妈妈似乎一时没反应过来。几秒钟后，她才意识到这是对"你能考虑一下吗"的回答。"真的可以吗？"妈妈又问了一次，"不用那么急着回答……你可以再慢慢考虑一下……"

"不用了。"我不假思索地回答，"不过，我不想和朋友分开，所以毕业之前，我会从浦贺坐电车去上学。"

我不想从那个小学转学，而且也还想继续打橄榄球。老实说，我甚至还想过，如果搬家的话就可以不用上补习班，从大堆作业中解脱出来，真是太幸运了！

"对不起哦。"妈妈一脸歉意，连眉毛都耷拉着。"不过，也不全是坏事。"她小声说，"住到浦贺去的话，房租就省下来了，把这部分钱存起来作为学费，就可以供小健上大学了，不过出国留学就不可能了。"

妈妈似乎觉得家庭护理会持续很长时间。

和我一样，她也觉得外公这个人，是不可能那么轻易地败给病魔的。

外公连饭都没吃，从早上起就一直坐在被窝里。想帮他起身，结果却惹得他大发脾气——景子姨妈正为此一筹莫展。只有上厕所的时候，他才肯用带座椅的辅助步行器（他试图自己上下，所以要花很多时间），让人带他到厕所门口。我们帮他把午饭送到卧室，他却大喝："先漱口！"我们试图带他去盥洗室，他却吼道："不用了！"好不容易等他自己站起来走到盥洗室时，已经过了午饭时间。饥肠辘辘的外公狼吞虎咽地吃下了午饭。

外公在抗争。

但是，我不明白他为什么要抗争到这种程度。

直子阿姨是个喜怒都写在脸上的人。当妈妈提出要搬来和外公一起住的时候，她掩饰不住如释重负的表情。

景子姨妈就没有那么单纯了，小声嘟囔着"能搬来一起住的确是帮了大忙，但是，作为长女……"之类的话。我当时就在想，如果绘里香在场，会怎么说呢？

"而且，工作和照顾病人能兼顾吗？"

景子姨妈的语气有些尖锐。

"我是说了要搬来一起住，但没说要一个人把照顾老爸的事全揽下来啊！"

妈妈几乎突然正颜厉色起来，用真心话回答了她。

"我白天都要工作，所以只分担晚上和休息日的部分。其他的就交给姐姐和直子了。然后，我们都忙不过来的时候就拜托护工，这样不就行了吗？"

面对直言不讳、正面出击的妈妈，景子姨妈竟有些招架不住。

"听说照顾老人最重要的是不要硬撑。我们公司有个同事的父母就选择了家庭护理，这是那位过来人给我的宝贵建议。"那天谈话的主导权掌握在妈妈手里，"说是因为护理很可能会是一场持久战，所以如果一开始就拼命干的话，是坚持不下去的。"

"对啊对啊。不要硬撑，硬撑不好……"

直子阿姨总是一副漫不经心的样子，简直就像觉得自己有责任扮演这样的角色似的。

"我倒没什么，问题是大姐，太较真了。"

景子姨妈似乎还想提出异议，但直子阿姨说："大姐，这事还是放轻松些吧，放轻松。"用"放轻松"堵住了她的嘴。

我们开始做搬家的准备，景子姨妈和直子阿姨则在加紧进行着家庭护理的准备。市政府派调查员来调查了外公的身心状况。护理支援专员[1]定下来了。护理计划也定下来了，护理床和轮椅也都送到了家里。

我们刚搬到浦贺的时候，外公还能自己上厕所。即便是脚痛到走不动路的时候，他也会甩开想要扶他的女儿们，自己靠手臂的力量移动。他还是不喜欢让人帮忙。可我觉得，管它什么自尊心还是别的什么，接受别人的帮助也没什么不好的啊。

外公很努力。这我知道。但是，我不知道他这么

---

[1] 在日本指专门从事《护理保险法》规定的护理支援工作的人员。他们会为需要护理支援的家庭提供咨询，针对已确定需要护理的对象做出相应的护理计划，并负责协调和管理。

努力是为了什么。

外公不读书也不看报了。

白天，他依旧坐在无腿座椅上醒醒睡睡。

外公吐了。

从那天起，外公的主食变成了粥。他没法自己去厕所了，只得穿上了纸尿裤。对此，外公似乎已经没有体力和精力去抵抗了。

租来的轮椅还回去了。因为外公现在一整天都待在护理床上了。妈妈她们商量了一下，决定把护理床放在客厅，而不是卧室。因为客厅不仅是大家聚在一起的地方，还是家里最明亮、通风最好的地方，透过大大的窗户还可以看到院子里的树木和天空。

卧床不起的外公变得更加容易发脾气了，一有不顺心的事就会大吼，妈妈她们都说，还能吼就没事。尽管他对护工、上门护理的护士和出诊的医生也是照骂不误，但大家回去的时候，他还是会说声"谢谢"。

德治郎与我

浦贺的早晨很忙碌。

起床后，妈妈马上给外公换纸尿裤。哪怕他再矮小瘦弱，毕竟也是个成年人，妈妈一个人给他换纸尿裤并不是件容易的事。尽管如此，外公坚决不让我帮忙。这一定也是出于自尊心。

作为补偿，他会自己左右移动身体、抬起腰部，方便妈妈换纸尿裤。明明动起来应该很不好受，但外公还是很努力。

不过，由于"心脏变成了废品"，导致缺氧，外公每次做完一个动作后都必须休息一会儿，所以，一大早就听他在不停地大叫"等一下"。

在外公大叫着"等一下"的时候，我会带小白出去散步，这是我每天早晨的第一项任务。

散步回来，外公的早饭（粥和汤，配菜是煮得很软的白肉鱼之类的）已经做好了。我的第二项任务就是升高护理床的靠背，把小桌子放在床上让外公吃饭。摆好小桌子后，先端茶，然后才能把饭端过去。这个端饭的时机很难把握。如果他还在喝茶的时候就把粥之类的端过去的话，就会立刻被吼"等一下"。

外公最讨厌被催促。他有他的节奏。

吃完饭，他会说"好吃"，看来好歹还是心存感激的。

"时间差不多了。"妈妈喊道。

浦贺站平时只有慢车，但在工作日的早高峰时间会有特快列车运行。我们一般坐七点那班特快。

"我出发了。"

我边说边看着护理床上的外公的脸。

以前，我和外公还算合得来——至少我是这么觉得的。但是，随着外公病情的恶化，我越来越不知道该如何与他相处了。

外公有自己的一套处事方法，不喜欢别人多管闲事，这我明白，但怎么做才能不触怒他呢？这个分寸很难拿捏。我即使想为他做点什么，也不知道做什么好，连跟他说话也小心翼翼起来。因为他听不清我在说什么，总是"啊？啊？"地反复问，那样似乎会让他很累。

或许只要看着他就好了。那时的我大概是这么考虑的。

　　然而，外公抬手拂开了我的视线，突然不高兴地把脸扭向了一旁。看来他也不喜欢被人盯着看。

　　我们出门后，护工就会过来。然后，直子阿姨或景子姨妈也会过来，和护工换班。护士每天来一次，医生每周来一次。傍晚我就回来了，妈妈一般在天黑了之后才回来。每天都有很多人进进出出，所以大门几乎不上锁，但有小白这条最强看门狗在，即使大门敞开也没人在意，也可能是根本无暇在意。

　　一天之中，有好几个人轮流照顾外公，所以记录联络事项的笔记本上，不同人的笔迹混杂在一起。本子上不仅记录了外公每天的血氧含量、血压、脉搏、体温、呼吸状况等，还有"臀部皮肤溃烂了，请医生开一下药膏的处方"或"护理垫和冰枕补充过了"之类的留言。在与外公相关的备忘录中，有一条写着"周日，良雄来访"。

良雄舅舅

　　良雄舅舅是"爸爸"的儿子，外公的侄子，妈妈她们却都叫他"本家的叔叔"。

　　外公的兄弟姐妹都已经去世，和那几家亲戚也几乎断了来往，还在走动的只剩逸见的本家了，所以景子姨妈、直子阿姨和妈妈都很期待见到良雄舅舅。

　　周日，客人刚到玄关，小白还没来得及叫，妈妈她们就迎了出去。

　　似乎感受到了今天的访客很特别，小白的"嗷汪嗷汪"也收敛了不少。

　　良雄舅舅是个身材高大、体格健壮的人。花白的头发和明快的笑容中和了他那张晒得黝黑的精悍的脸。

　　看到外公的时候，他脸上明快的笑容变成了悲伤的微笑。我按下护理床的按钮，升起床背，妈妈她们扶着外公在床上坐起来，这期间良雄舅舅反复眨着眼睛。外公瘦得像枯枝一样，由于自身供氧不足，戴着吸氧器。

良雄舅舅只见过健康的外公，一定是第一次看到这样的外公吧。

尽管如此，良雄舅舅还是接受了眼前的事实，用云开雾散后的阳光般明朗的声音叫了一声"叔叔"。

"好久不见。"

外公的嘴张得圆圆的，比了个"噢"的口型。

良雄舅舅告诉外公，自己一个人去国外赴任，在当地工作了很长时间，如今终于回到了日本。尽管那些话大概连一半都没有传进外公的耳朵里，但外公那浅色的眼睛始终凝视着他。

问候的话说完了，良雄舅舅把椅子拉到床边坐下，顺着外公的视线，一言不发地陪他一起望着窗外。

良雄舅舅知道该如何与外公相处。

每当护工或护士对外公问点儿什么的时候，他总是会怒斥："我又听不见，你自己看着办吧。不然请你来干吗?"大概是因为一发出声音就会呼吸困难,所以他才不想被搭话的吧。

即便如此,也用不着吼啊。吼起来呼吸不就更困难了嘛……或许有时候是真的因为心情郁闷,但多数时候一定是因为当时外公的大脑里只剩下"不爽—吼"这个条件反射了。

外公那灰色玻璃珠似的眼睛里映出天空和院子里的枇杷树。枇杷树是刚搬来这个家时种下的,如今已经和二楼的屋檐一样高了。外公目不转睛地凝视着枇杷树的树梢和天空中的流云,宛如第一次看到这个世界的婴儿。

"睡了。"

沙哑的声音唐突地响起。

不知是因为和良雄舅舅一起眺望窗外而心满意足了,还是因为累了,外公向妈妈她们打了个手势让她们把床背放下来,就躺了下去,嚅动了几下没装假牙的嘴,闭上了眼睛。

景子姨妈从东京的一家有名的甜品店买回来的蛋

糕礼盒里还剩一块栗子蛋糕——外公爱吃栗子蛋糕。

我一边吃着草莓蛋糕，一边竖起耳朵听大人们说话。

话题围绕着良雄舅舅：家人们都好吗，在国外做什么工作……良雄舅舅也就一一作答。大家说话的声音都很轻，生怕吵醒外公。

客厅里弥漫着红茶的香气。

直子阿姨得意地说那是从红茶专卖店买的某种高级茶叶，但因为外公家没有成套茶具那种讲究的东西，所以只能用马克杯喝，毫无高级感可言。我拜托她们帮我调了一杯奶茶，加了大量牛奶和砂糖。

妈妈她们的问题告一段落后，良雄舅舅讲起了外公年轻时的事情。

外公似乎非常疼爱侄儿们。

"叔叔一发工资，就会带我和姐姐们去餐馆吃拉面。我小时候，家里不宽裕，根本没钱在外面吃饭，所以这让我们开心极了。"

第一次带良雄舅舅去滑雪的也是外公。

我只从外公那里听到了他小时候的故事，因此对成年后的外公的故事充满了兴趣。

景子姨妈一边优雅地将千层酥送入口中，一边点着头。

"我们小时候，爸爸每年也会带我们去滑雪。"

"犁式转弯、半犁式转弯①，就是老爸教的吧?"妈妈接过话茬。

刚用叉子挖起一点巧克力蛋糕的直子阿姨接话道："犁式转弯，这词现在都没人知道了。"

说罢看向良雄舅舅，似乎是想要得到他的赞同。

"那个时候哪怕只是扛着滑雪板就很稀奇了，"良雄微笑着说，"不管是滑雪还是照相，叔叔总喜欢尝试新鲜事物。他甚至在逸见老家盖了一间暗室，连洗照片都是自己亲自动手，真的很前卫。"

良雄舅舅眯起了眼睛，仿佛年轻时的外公就在眼前。

"那么讨厌手机的老爸以前居然是个摩登男孩……"

直子阿姨笑了，为了不影响外公睡觉，把音量压

---

① 原文用的是这两项技术的日语旧说法，所以下文说"这词现在都没人知道了"。

得很低。

　　妈妈和景子姨妈也像马克杯里升起的水汽一般温和地笑着。

　　自从外公接受家庭护理以来，这还是我第一次看到她们三个人都沉浸在温馨的气氛里。能让妈妈她们露出这样的表情，良雄舅舅简直是英雄啊，我心想。

　　"教我打棒球的也是叔叔。"

　　"棒球？老鹰队吗？"

　　我忍不住插嘴。

　　"你居然知道啊。"

　　良雄舅舅似乎吃了一惊。

　　"有照片，要看吗？"

　　得知良雄舅舅是老鹰队最年轻的成员后，兴奋不已的我向外公的卧室飞奔而去。我干劲十足，或许是觉得这样一来，自己也能参与到大家的对话中了吧。也或许是期待给他看了那张照片后，就能听到更多外公年轻时候的故事了吧。

　　我从卧室的架子上抽出那本旧相册，得意扬扬地在良雄舅舅面前摊开，翻出了球队集体照给他看。

良雄舅舅一脸怀念地看着照片，指着照片里的一个人说："这是我。"

这是在一群成年人中唯一的少年，光着头，弓着身子，手撑在膝盖上。这男孩瘦极了，瘦到让人不敢相信他就是良雄舅舅。

"老爸可真年轻!"

这欢快的声音来自正越过我们的肩膀看着相册的直子阿姨。

外公位于最前排正中间，年轻得叫他"哥哥"也不为过。

我自以为做了一件好事，以为这样妈妈她们会笑得更开心。然而……

"一定是个很凶的教练吧?"

景子姨妈露出一副"真是过意不去，我们很抱歉"的表情。

"他年轻的时候也会吼人吗?"

妈妈突出了"也"字。

"是有点凶。" 良雄舅舅先肯定了这一点。"不过……"他又轻轻地摇了摇头，"叔叔很受队员们的

德治郎与我

爱戴。"

妈妈她们互相看了一眼，苦笑起来，看样子是觉得良雄舅舅是为了照顾她们的感受才这么说的。

另一头，良雄舅舅似乎对外公的女儿们的反应感到意外。"叔叔很受爱戴的，"他把同样的话又说了一遍，"他很会照顾人，尤其在晚辈中很有声望。"

"声望？那个顽固老头吗？"

妈妈她们似乎无法将"声望""受爱戴"这些词和自己所知道的父亲的形象联系到一起。

"叔叔是有些固执，但绝不是顽固不化的人。"

良雄舅舅加强语气否定道。

妈妈她们你看看我、我看看你，一副"良雄为什么这么较真"的表情。

"叔叔是个意志非常坚定的人。"良雄舅舅急急地说，似乎是因为自己想表达的意思没能很好地传达给妈妈她们而有些心焦。

"以前在军队里遇到那样的事，在我看来也是因为他比别人更坚持自己意志的缘故。"

就仿佛风吹过平静的湖面一般，房间里的空气泛起了涟漪。

我原以为聊聊外公的往事会让大家更开心，结果却事与愿违。妈妈她们都是一脸吃惊的表情。

"军队？"妈妈有些迟疑，"没听说老爸有去打过仗啊……"

"我从老妈那里听到的版本是，因为老爸在海军工厂工作，所以免除了兵役。"

景子姨妈眉头紧锁。

我从外公那里听到的版本是，他还没来得及去军队，还在训练的过程中，战争就结束了。

"怎么感觉信息有些混乱？"

直子阿姨嘴角的笑容消失了。

"我确实听说过军工厂的工作人员可以免除兵役这样的说法。但叔叔当时还年轻，作为技术人员的资历还比较浅，最重要的是那时候战争接近尾声，战事吃紧，所以兵役在当时那种情况下应该是免不了的吧。"

良雄舅舅用新闻报道似的生硬措辞解释道。

谁都没有出声。

所有人的视线都集中到了闭着嘴不再说话的良雄

舅舅身上，因为大家想知道的并不是这些。

迟疑片刻后，良雄舅舅像是放松了下来，噗地呼出了一口气，接着吐出了这样一句话："叔叔从陆军练兵所回来的时候，整个人就像一块破布一样。

"那时候的情况，我是从家母那儿听说的。据说，当时还健在的祖母——我们的祖母，也就是叔叔的母亲——看到半死不活地回家来的叔叔，边哭边说：'阿德真是个傻瓜啊——'叔叔因为顶撞上级而被用了私刑。如果战争再持续得久一点，他可能就死了。"

涟漪扩散到了整个房间。

"很像老爸的作风……"

景子姨妈的声音，就像被扔进池子里的小石子，咚的一下沉入水底，只能发出的微弱的水声。

妈妈的表情很复杂，分不清是哭还是笑，说："真是的，幸好没被杀。"那张悲喜交加的脸让我心痛不已，胸口如针扎一般。

"话说，老爸他，干吗要违抗上级啊？怎么就不能把关系搞得更好点呢？话说，是谁啊那个上级？！"

直子阿姨怒了，又不知道该把怒气发泄到哪里，就冲良雄舅舅撒起气来。

"我觉得叔叔根本就没有要和上级搞好关系的意思。所以，与其说是违抗，不如说是无法扭曲自己内心的道义。"

郁闷的神色只停留了一瞬，良雄舅舅的脸上很快就换上了明朗的表情。

"叔叔应该很讨厌军队吧！"

外公的喉咙发出呼哧呼哧的声响。可能是大家说话的声音吵到了他，也可能是痰卡在喉咙里，喘不上气。

"待太久让叔叔累着就不好了，我差不多该走了。"

良雄舅舅站了起来。

"我会再来的。"

话音刚落，外公就伸出了一只手，一只瘦骨嶙峋的手。

良雄舅舅小心翼翼地握住了那只手。

"我很快就要退休了，退休之后，就可以随时过来了。"他说，"所以，在那之前……"

之后的话没能说出来。

赏
月

　　让护士刮胡子、洗手、洗脸，这些事外公都妥协了，但最后用毛巾擦脸的这一步，他说什么也不让别人做。

　　那个凡事不自己做就不自在的外公还在。

　　除了原本的那些病症，外公还得了肺气肿，痰堵在喉咙里，咳得厉害。吐痰的时候，他总是自己起身，并把塑料袋放到嘴边。对他来说，挪动身体是一件非常吃力的事情。但即便如此，要是护士帮他把塑料袋放到嘴边，他就会挥手拒绝，把袋子翻回去（也就是说，把护士已经准备好的袋子恢复原状），然后再自己动手把塑料袋放到嘴边。

　　外公还在抗争。

德治郎与我

看着这样的他，我很难过，总觉得他没必要坚持到这份上。

勉强挪动身体只会消耗更多的体力。把所有事情都交给女儿、护工和护士去做明明会更轻松，为什么外公要抗争到这种程度呢？是出于"小鬼大王"的自尊心吗？发脾气是因为抗争了却还是做不好吗？也就是说，外公是在生他自己的气吗？各种各样的想法在我脑中萦绕，可是到头来，我还是不知道外公在想什么。

外公越来越没力气咳痰了，即使喉咙里有痰，也没法自己咳出来了。医生建议服药，并使用吸痰器。护士说吸痰器倒是可以租，但操作可不简单，不是谁都能做的。实际上，吸痰器的操作对家属来说是有难度的，如果使用不当甚至可能会出现危及生命的情况。

关于是否使用吸痰器，护士、护工和设备租赁公司的人来家里和妈妈她们沟通。为了听听患者本人的意见，护士就来问外公，结果——

"你们干吗?！"

他突然就发起火来。

"你们在说什么?! 走开! 滚出去!"

外公气势汹汹地大吼着。

不知是因为刚睡醒有起床气,是因为嫌人多了太吵,还是因为不管别人问什么自己都听不到,抑或是因为身上到处都疼就想找人撒气,他生气的原因不得而知,不过那声音强而有力,很难想象是一个病人发出来的。

外公不想吃东西了,只能喝些茶、吃点流食了。妈妈她们的脸色越来越难看了。在此之前,我从来不知道,吃不下东西是一件如此沉重的事情。

外公只喝茶了。他一整天都在迷迷糊糊地昏睡,偶尔会睁开眼睛大叫"痛""吵"或者"茶"。

外公喝下了七勺粥和半碗浓汤时,妈妈比了个胜利的手势。

外公还吃了布丁,自己操作电视遥控器看了大相扑比赛。他说想看《水户黄门》,于是第二天,景子姨妈就借来了影碟。

外公的情况时好时坏，反反复复。有时，就好像神经突然变得敏锐了似的，听力也会变好。

暑假的时候都没回国的绘里香，却在寒假期间回来了，那时恰好是外公的状态比较好的时候。

一年半没见，绘里香已经变成了大人模样。她的身材之前有这么好吗？我简直不敢相信自己的眼睛。紧身牛仔裤和紧身 T 恤很适合她；从前的帘子式刘海被掀了起来，露出了额头；长发在头顶盘成丸子状，更是显出了她那鹅蛋脸的轮廓；涂了口红的嘴唇像院子里的南天竹一样红。

"这是在干吗？是什么仪式吗？"

时隔一年半再次出现在浦贺家里的绘里香，从红唇中吐出的第一句话还是那么犀利。

当时，我正握着外公的手一个人嘟嘟囔囔地说着话，突然被她这么一说，顿时慌了手脚。

"外……外公，自从卧床不起以后，变得越来越难相处了……我不知道该怎么和他相处……所……所以，我想了想……"

其实我是在模仿良雄舅舅，陪着外公一起看他在看的东西，跟他说说话，即使他听不见也没关系，并且握着他的手。这些都是良雄舅舅教给我的。

"我也可以这样做吗？"绘里香歪着脑袋问。

"可以……但是，要在外公心情好的时候才行。碰上他心情不好的时候，不管做什么，他都会发脾气的。"

"那现在是心情好的时候啰。"

我点了点头。

"我一伸手，外公就主动握住了我的手，身体状况应该也不错吧。"

"握手之后，做什么？"

"说话。'要是听不见的话不听也没事，也不用回应我，如果嫌吵就打断我。'像这样，事先和外公打好招呼。"

"小健你刚刚在说什么？"

"无……无聊的事啦。说完就忘的那种无关紧要的事。"

我语无伦次地说着，把床边的椅子让给绘里香。

握住外公那瘦骨嶙峋的手时，绘里香的脸颊僵了僵。但下一瞬间，她脸上的肌肉就柔和起来，用明朗的声音说："外公，我是绘里香啊。"

外公眨了两三下眼睛，回握住了绘里香的手。

他似乎认出了她。

绘里香的双手包裹着外公的手。外公看着绘里香，灰色的眼睛瞪得大大的。

"这样子，还真有点不好意思，"绘里香不自然地笑了，"我不知道说什么好。"

"什么都行，哪怕说说天气之类的也行啊。话说，绘里香姐，你难道没有什么话想说的吗？"

"有倒是有，就是……太不日常了，会被人吐槽'这种话发到脸书上还差不多'的那种。"

"没事，外公不知道脸书那种东西。"

"你还是老样子。"

绘里香弯了弯嘴角，但眼睛里没有笑意，我觉得她大概是想说"还是那么傻"。

"绘里香姐也没变啊。"

红唇的两端都翘了起来，眼睛弯成了月牙状，看来这回她是真的笑了。

"这些事，我到现在为止没有跟任何人说过，总之，就当是汇报一下近况吧……"

大约是摆脱了害羞的情绪，绘里香的红唇动了起来：刚开始留学的时候，语言几乎不通。在那边如果不会说英语，就会被人瞧不起。但是，因为有想做的事，所以她拼命学习……

不知不觉间，外公的眼皮渐渐下垂，打起了瞌睡。

"好像睡着了，"绘里香轻轻放开外公的手，"我让他累着了吧？"

"你来了，他很高兴哦。呼吸平稳，表情也很轻松。'绘里香效应'，厉害啊。"

"厉害的可不是我。"

绘里香嗖嗖嗖地摇着手指，一副美式做派。

"小健，你是有什么奇特的能力吗？"

"啊？"

"读心术之类的。"

"啊?"

"你该不会是超能力者吧?!"

"怎么可能?"

"那你怎么知道?"

"知道?知道什么?"

"哎呀,就是知道脑子里在想什么啊。"她的声音听起来有些焦躁,"我的意思是,为什么小健能和外公相处得这么好?"

相处得好吗?是我对"好"的意思有什么误解吗?

"如果不知道外公想要什么,就不可能跟他像这样相处。"

她是说外公想要什么吗?

突然,一种陷入泥泞的感觉向我涌来,仿佛有某种沉重、混乱又寒冷的东西正从脚尖往上爬。

外公的愿望……

那一刻,我突然明白了外公想要的是什么。他的愿望大概就是,以自己的方式死去吧。

但是，就算知道了这一点又怎样？

我晃了晃身子，像是要把正在一点一点往上爬的东西甩掉。

要怎样跟想以自己的方式死去的人相处呢？还"相处得好"？怎么可能？

"我没有超能力，也看不透别人脑子里的想法。不过，如果可能的话，我倒是想有这种超能力。"

绘里香看着我。没有了"帘子"的遮挡，她的视线直直地射了过来，似乎能看穿我。不，肯定已经被她看穿了。但是，外公的愿望，我不想说。

"我不想再后悔了。"

"后悔？后悔什么？"

"外公邀请了我，问我要不要一起去田里。我那时怎么就没去呢？从那以后我一直在后悔。那之后不久，外公就爬不了山了，那是最后一次一起去田里的机会。所以，我再也不想后悔了。可是，我不知道外公希望我做点什么，也不知道我能做点什么。我只知道，外公的病情时好时坏……变得越来越虚弱了……"

我的声音不由得有些颤抖。

"看着一个人渐渐死去，很害怕吧。"

绘里香用轻到几乎听不见的声音说出了我没能说出口的话，话音刚落，又慌忙回头去看外公。

躺在床上的外公呼吸微弱却平稳。

绘里香怕外公听到那个不吉利的字眼，这才有些慌张。但对我来说，其实"害怕"这个词更糟。

我总觉得不能往那方面想，所以一直假装没有感到"害怕"。我不曾对任何人说起过，只是把它赶到了内心的角落里，却被绘里香揭穿了。

"你是怎么发现我很'害怕'的？"

绘里香才是超能力者。我永远也赶不上这个比我大四岁的表姐。

"这不是很正常嘛。"

绘里香夸张地耸了耸肩，美式反应已经做得很娴熟了。

"我也害怕，阿姨她们也害怕的呀。"

"阿姨她们……也？"

"之前，我妈说过，有时候会因为不知道她们所做的事情对外公来说是好是坏而感到害怕。"

景子姨妈吗?! 我非常意外。

"完全不懂医疗知识的家属照顾拒绝治疗的外公，肯定害怕啊。不过，哪怕是我们说句话的工夫，外公的病情也在不断变化，阿姨她们现在应该根本没空去迷惘啊害怕啊之类的吧。"

哦，这样啊，我心想。因为我只是看着，所以才害怕啊。

但是，除了看着，当时的我还能做什么呢?

绘里香决定不回东京的公寓，剩余的假期就在浦贺过，这让景子姨妈瞠目结舌。第二天，她突然开始往山里去，宣称要去田里除草，说若是外公康复后看到田地都荒废了，一定会很伤心的。

"就算外公身体好些了，也去不了田里了吧。"我小心翼翼地提醒。

"我们两个人背着他去不就行了嘛!"绘里香笑着说。虽然不确定她这话里有多少认真的成分，但我总觉得，她这个想法里有一部分是为我考虑的，因为我在后悔当时拒绝了外公的邀请。

我还是和绘里香一起去了，尽管知道这样做也没什么用。

外公的那块田已经荒得让人难以相信那里曾经是一块田了，这让我有些想哭。

或许是临近黄昏了吧，旁边的田里空无一人。现在想来，那倒是好事。如果和旁边田里的那位老爷爷打个照面，肯定会被问外公怎么了。那样的话，我们就不得不一遍又一遍大声地向耳背的老爷爷解释外公不能来田里的原因，这简直可以说是惩罚游戏了。

那天，我和绘里香说好了要除掉哪些杂草后，就默默地挥起了镰刀。小白也跟到田里来了，我们干活的时候，它就在向阳处蜷成团睡觉。

除草除累了，我们就坐在麻栎树下漫无边际地聊天。

绘里香把留学的辛苦讲得滑稽可笑，我也尽量把照顾外公的过程中发生的事讲得幽默些，比如变得只会喝茶的外公吃了七勺粥和半碗浓汤时，妈妈边说"太好了"边比了个胜利的手势。我和绘里香都有意不让话题变得沉重。我们需要笑，不笑就撑不下去了。

绘里香最喜欢听的是我因为被小不良盯上而郁闷不已的那件事。我这才知道，原来曾经痛苦的事情有一天也可以当成笑料来讲。

虽然在其他方面比不上绘里香，但在无聊又可笑的事的数量上，我可不会输。毕竟当时还是小学生的我，多的是诸如吃校餐时比赛谁喝牛奶喝得快，结果喝得从嘴里喷出来了这类小学男生常见的糗事。

糗事聊完了，我就把外公小时候的故事中那段关于"赏月"的趣事讲给绘里香听了。因为我觉得，如果是这件事，即使讲给绘里香听，外公也不会生气的。

"赏月"是外公很喜欢的一段趣事，他反复讲了很多遍。对于把自己净干坏事的童年生活讲给别人听这件事，外公还是有所顾忌的，但这个小故事无论被谁听去都没事的，可以大大方方地讲。

不过，这当然不是供上芒草和团子、欣赏中秋明月的那种优雅故事，而是偷团子和芋头之类的供品的故事。之所以可以光明正大地讲出来，是因为在外公还是孩子的时候，唯独八月十五这天晚上，即使偷了供品也不会被追究①。

中秋夜，逸见山坳里各家各户的檐廊上都会放上插着芒草的一升瓶②，还有一盘盘堆得像小山似的水果、团子和煮芋头。逸见的孩子们由年长的孩子带头，翻过围墙，从院子里溜到檐廊上，趁主人不备，用一端钉着钉子的长棍偷走供品。庭院在明亮的月光下一览无余。但是，只有这一天，大人们会对嘴里塞满芋头四处逃窜的孩子们睁一只眼闭一只眼。

"这故事挺好的呀。"

绘里香发表了感想。

"讲这个故事的时候，外公看起来开心极了，"我说，"所以现在我一讲起'赏月'的事，他依然会露出

① 因为人们认为中秋供品被偷走是吉利的事情，所以甚至还把供品放在孩子们容易接触的地方。

② 这是日本的一种有标准形制的玻璃瓶，市面上常见的大瓶装日本酒用的就是这种瓶子。其容量为1.8升，约等于日本古代单位里的一升，所以日本人称其为"一升瓶"。

高兴的表情。"

当时我没说的是，其实绘里香吐槽"这是在干吗？是什么仪式吗？"的时候，我也正在讲"赏月"的故事。

绘里香在浦贺的那几天，外公奇迹般地一直保持着良好的状态。那一周简直像梦一样。

"我暑假一定会回来的，到时候，小白、我和小健一起带外公去田里吧。"绘里香留下这句话后，于一月一日——寒假即将结束的时候，回美国去了。

被选中的人

为了进行护理等级认定，市政府派专员上门调查。当被问及年龄时，外公怒斥："都这么难受了，还会知道这些？"

"还能这样吼，说明老爸暂时还没事。"这是妈妈她们的口号。

外公的头脑还很清醒。

因为长期卧床，后背生了褥疮，皮肤破裂，护士和妈妈她们每次帮他上药时，他都会说"疼，再轻点"。

他说腰痛，于是医生开了湿敷的膏药。

湿敷的效果只是暂时的，为了改善腰痛和褥疮，需要更换床垫。

换床垫的时候，外公还对租赁公司的工作人员说

"手脚轻点"。他的思路依然很清晰。工作人员让他躺在原先的垫子上，小心翼翼地连人带垫子稳稳搬到了地板上。

外公不怎么喝茶了。我把茶递过去时，他会用几乎不成声音的声音说"晚点再说"或者"待会儿再喝"。他似乎做什么都很痛苦。尽管头脑还很清醒，但眼睛里的光变得越来越暗淡，脸也变得越来越小，仿佛只剩一层皱巴巴的皮贴在骨头上，即使痰糊住了喉咙咳嗽起来，咳嗽的声音也很微弱。

外公已经两天没排尿了。

医生给他用上了集尿袋。蓄积的尿液排出后，外公喝了很多茶。

喝完茶后，我给他干燥的嘴唇涂凡士林时，为了方便我涂抹，他自己用手把氧气面罩提了起来。

不久前还很温暖的手，现在又肿又冷，但外公还能有意识地根据对方的动作预测接下来的行动并做出配合。外公依然在抗争。

"谁在那里？"外公问道，灰色的眼睛睁得大大的。

我想大概是因为他刚睡了一觉醒来，所以视野还很模糊吧。

"是我，健一。"

"这样啊……"

外公的口中发出了叹息似的声音。没有装假牙的嘴凹陷着，仿佛只是一个洞。

"好暗啊，已经是晚上了吗？"

"才中午哦。"

我凑到外公耳边说。

"是阴天吗？"

"是晴天哦。"

"是吗……"也许是因为喉咙里有痰吧，他的声音很痛苦，"连白天黑夜都分不清了。"

外公的眼睛好像看不见了。

"要做点什么吗？"我问，"你有什么想让我做的事吗？"

"什么？做？"

外公的视线在空中胡乱扫过，似乎是在寻找这些字词的意义。

"不行了。我已经想不动了。"

放弃了寻找意义的外公，将视线停留在了天花板的一个点上。

我也跟着望着天花板。不知这样望了多久，外公（好像）微微笑了一下。

"握一握我的手吧。"

耳边传来如同踩碎落叶一般干涩的声音。

三月中旬，临近小学毕业典礼的时候，妈妈向公司请了假。

前一天，护士回去前跟外公打招呼，但他没有像往常一样回复"谢谢"。发绀①（脚趾发紫）、下颌式呼吸②、对喊声没有反应等，护士之前跟我们说过的临终

---

① 血液中去氧血红蛋白增多使皮肤和黏膜呈青紫色的现象，也称为紫绀，常发生在皮肤较薄、色素较少和毛细血管较丰富的唇、指（趾）、甲床等部位。

② 这是一种呼吸衰竭的表现，常见于病情危重或濒死的人。

症状也出现了。

　　景子姨妈和舞香从前一天晚上开始就住进了浦贺的家里。妈妈给直子阿姨打了电话，说可能差不多到时候了。直子阿姨以最快的速度结束了与客户的会议，提着装有丧服的行李箱在傍晚赶到了。

　　第二天，天还没亮的时候，小白在玄关激烈地吠叫，但再也没有"吵死了！"的怒吼声了。

　　景子姨妈、直子阿姨和妈妈都像丢了魂似的望着外公。

　　"老爸，已经不喊疼了。"妈妈自言自语。

　　"也不吼了。"直子阿姨附和。

　　"外公看起来好小啊。"舞香小声说。

　　"人死了就会变小哦。"景子姨妈平静地回答。

　　大家都呆呆的，有些恍惚。

　　但是，可以发呆的时间并不多。家里有人去世，家属就有很多必须要做的事情。

　　首先得联系上门护理站，然后需要联系一直以来负责出诊的主治医生。

　　四点四十五分，尽管还是凌晨，但就好像早已知道会有联络一样，护士赶来的时候穿戴得整整齐齐。确认外公已经停止了呼吸，护士留下了一句"我去去就回"后就走了。护士刚走，医生就来了，写了死亡诊断书。无论做什么都需要诊断书啊，我昏昏沉沉地想。

　　医生走后，说"我去去就回"的护士就开车回来了。护士抱着一个大包，里面装着用来整理遗容的工具。

　　护士从包里取出一块褥疮贴处理了外公的褥疮，然后洗净肛门并塞上了脱脂棉。外公凹陷的嘴里也被塞入了棉球，这让他的脸看起来稍稍饱满了一些。护士还帮忙把他的指甲也修剪得整整齐齐。

　　妈妈她们和护士一起用热毛巾给外公擦拭身体、涂润肤油、清洗头发，等等。

　　沉默着做这些事情会很悲伤，护士为了让大家振作精神，就主动同她们说话："他是位怎样的父亲?"妈妈她们看出护士的用心，就顺着话头说了起来，什么"他喜欢动物，不只是狗，以前还养过鸟和兔子"啦，"一到周日，就会带着全家去山里或者河边"啦，"暑假带我们去海边，寒假就带我们去滑雪"啦，"别看他那个样子，其实还挺溺爱孩子的"啦，三人你一言我一语地说着外公的事，就好像年幼的姐妹在跟母亲说当天的所见所闻一样。

里里外外的衣服也都被换成了干净的新装。外公穿着一身（要是在生前，他绝对不会穿的）高档衣服，还被化了妆。

他的脸颊到太阳穴消瘦深陷，下巴很尖。锁骨周围几乎没有肉，像沟一样。脑袋很小，仿佛只是在头骨上包了一层皮。但是，正在给外公的脸颊上腮红的护士称赞道："在医院去世的人，身上会因为打点滴之类的留下伤痕或淤青，但这位老爷爷的身体很干净，皮肤也又光滑又白净。"

"只有被选中的人才能以这样的方式死去。多好啊。"

护士对着外公说。

"我们家老爸厉害着呢，"直子阿姨突然骄傲地说，

"医生当时说他只有半年寿命了，结果，他在那之后又活了整整三年，就凭着毅力。厉害吧！"

整理完遗容，天终于亮了。一轮旭日从对面的山头升起，麻雀叽叽喳喳地叫得热闹，家里顿时变得忙乱起来。

葬礼承办商约好九点来。中午，护理用品租赁公司会来收走护理床等物品。

打扫客厅、洗衣服、去便利店买早餐，大家分头行动了起来。我给小白喂了食，把从便利店买回来的紫菜卷寿司放在了外公的枕边——去世前几天，他说想吃这个。

九点，葬礼承办商来了，开始沟通葬礼事宜。剩下的都是大人们的事了，我似乎已经没有什么可做的了。

小白蹲坐在玄关的三合土上。我一下去，它就拿鼻尖往我身上蹭。小白的身体散发着田里的泥土味。

"去散步吗？"

小白不会回答，但是舔了舔我的脸。我这才发现自己今天还没洗脸。

　　小白步履蹒跚地沿着通往后山的坡道朝山里走去，应该是打算去田里吧。

　　那是个寒冷的晴天。

　　说不定……

　　果然，从山顶茶馆可以看到那座覆盖着白雪的山——外公最喜欢的富士山，挺立在湛蓝的天空下。

　　不知外公曾经来这里时是在看什么，又是在听什么，我心想。

　　哪怕他听不到我的声音，也许能听到风吹过树梢的声音吧，也许是在那座独一无二的山的另一边看到了我看不到的东西吧。

　　蓦地，我感觉外公仿佛就坐在那截树桩上。

　　"外公——"我试着叫了一声。

　　回应我的，是掠过山间的风声。

老鹰队

外公的葬礼在殡仪馆的家族葬 ① 专用厅举行。

原本应该只有自家人参加的简单的守灵仪式，却有一群外公生前的好友前来吊唁。

他们曾经是外公组建的业余棒球队——从前逸见老鹰队的队员。是良雄舅舅联系了他们，所有成员都已经是老爷爷了（有些人甚至已经去世了）。

僧人走后的餐会，成了追念外公的聚会，或者说是关于外公的回忆分享会。

"为什么要忍到那种地步呢？为什么不告诉我呢？如果早点知道他的心脏不好的话，在变成那样之前我

---

① 指只有家庭成员和近亲参加的葬礼。

就带他去医院了。"

无论是外公在世时，还是去世后，景子姨妈总是反复说着同样的话。这大概是她最大的遗憾吧。

"不是姐姐的错。"

妈妈仿佛已经听腻了这些抱怨。

"岳父就是这样的性子。"

景子姨妈家的那位姨父也重复着同样的话。

在自己退休前叔叔就离世了，一直为此而感到遗憾的良雄舅舅插嘴道："叔叔送走了一个又一个兄弟姐妹，应该对自己的终点有所考虑吧。"

好不容易良雄舅舅出来打了个圆场，景子姨妈却仿佛没有听见似的，仍旧重复念叨着外公这个人偏执又顽固之类的话，或许是因为这个偏执、顽固、爱发脾气的外公不在了，她不知道该怎么办才好了吧。

"我啊，就觉得老爸是向我们亲身示范了'人就是像这样死的'。"

直子阿姨大声说，大概是喝醉了。

静静喝着酒的从前老鹰队的老爷爷们开始断断续

续地讲起了往事。

"教练棒球打得好极了。"

"对对，德哥的运动神经出类拔萃。"

老爷爷们称呼外公为"教练"或者"德哥"。

"教练最厉害的是，每次在关键时刻代打[①]上场打出安打[②]。"

"就像铃木一朗[③]那样砰的一下。"

"能在那种情况下打出安打，那可不是一般的心理素质啊。"

"关键时刻能靠得住的，果然只有德哥了。"

老爷爷们的声音也很大。大家喝了酒，情绪上来了。

"虽然有点可怕……"

---

① 棒球用语，指在棒球比赛中，在关键时刻上场代替其他选手在击球手区就位的代击球手及代击球这一行为，也有替补击球、替补击球员的说法。

② 棒球用语，指击球手把球击到界内，使自己能至少安全上到一垒的情形。

③ 日本棒球巨星，保持262支的大联盟单季最多安打纪录，以及连续10球季击出200支以上安打的吉尼斯世界纪录等多项纪录。2019年3月宣布退役。

"是啊，教练这个人就像那种瞬间升温的热水器一样。"

"他虽然有点凶，但很会照顾人，所以底下的人都很喜欢他。"

"不过上头的那些家伙就不怎么待见他了。"

"毕竟他常常顶撞上头嘛。"

"还记得吗？德哥救了那些偷了别人家栗子还是柿子的孩子那件事。"

"啊，那个啊，是战后不久的事吧？"

"记得记得。战后，还吃不饱的时候。"

"他说：'明明有这么多田那么多山，就因为一两个柿子，至于吗？铁公鸡！'当面骂了地主一顿，对吧？"

"听说那个地主老头一句话也没能反驳。"

"说'剩下的事我来说，你们回去吧'时候的教练，真是太帅了。"

"你怎么知道得那么清楚？好像亲眼看到过一样。"

"不会就是你吧，偷柿子的家伙。"

喝醉了的老爷爷们聊得越来越起劲。

"教练生来就是小鬼大王。"

"长大成人后依旧是个'小鬼大王'。"

"那个人大概一辈子都是孩子吧。"

装饰着白花的祭坛上，外公的遗像俯视着这群正在谈论自己的吵吵嚷嚷的人。

我现在在浦贺上初中。周末去横须贺的橄榄球学校继续打橄榄球。中学里没有橄榄球部，于是我加入了田径部。因为作为橄榄球队的边锋，我想跑得更快。

因此，我和妈妈现在还是住在浦贺的家里。景子姨妈和直子阿姨也希望这样。房子如果没人住就会荒废。要是浦贺的家荒废了，那么盂兰盆节、新年以及外公外婆的忌日，大家就没有地方聚了。

外公去世后的第一个盂兰盆节，亲戚们都聚在了浦贺。没赶上葬礼的绘里香也在暑假回了日本。只有外公不在。

哦不，小白也不在了。外公的最后一个跟班小白，在他去世后不久也随他而去了，是老死的。

我想再养一条狗，觉得这是对外公的祭奠，而且绘里香也会高兴的。

于是我拜托了中学里的朋友们，如果哪里有外公可能会喜欢的那种腿粗、健壮的杂种狗出生，记得告诉我。

葬礼已经过去五个月了，我依然觉得外公不在了是件不可思议的事情。

盂兰盆会祭坛[①]上，除了鲜花、蔬菜和水果，还放着外公曾经爱吃的脆饼、烧卖和紫菜卷寿司，但我总会忍不住想，爱吃这些东西的外公怎么就不在了呢？

每到这时，我就会从抽屉深处取出那个桐木盒子。盒子里，嵌着红色条纹的绿色"宝石"依旧绽放着光彩，和六年前并无两样。

这绚烂的红绿光芒总能将我带回那段时光，那段有外公为我讲他小时候的故事的时光。

---

① 为祖先而设，一般会铺上草席，放置牌位、香炉、烛台、花瓶及各类供品。